9788527304146

Adaptação do Funcionário Ruam

Coleção Paralelos

Equipe de realização — Revisão: Alice Kyoko Miyashiro; Capa: Gustavo Rosa.

MAURO CHAVES

Adaptação do Funcionário Ruam

 EDITORA PERSPECTIVA

© Editora Perspectiva S. A., 1975.

Direitos reservados à
EDITORA PERSPECTIVA S. A.
Av. Brigadeiro Luís Antônio, 3025
Telefone: 288-8388
01401 — São Paulo — Brasil
1975

Sumário

1. Relatos da Unidade de Computação G-417/101
   Tema: *Adaptação do Funcionário Ruam M.I. Série J.415/21/SK-8*   7
2. Relatos da Unidade de Computação G-417/102
   Tema: *Adaptação do Funcionário Ruam M.I. Série J.415/21/SK-8*   41
3. Relatos da Unidade de Computação G-417/103
   Tema: *Adaptação do Funcionário Ruam M.I. Série J.415/21/SK-8*   67
4. Relatos da Unidade de Computação G-417/104
   Tema: *Adaptação do Funcionário Ruam M.I. Série J.415/21/SK-8*   81
5. Relatos da Unidade de Computação G-417/105
   Tema: *Adaptação do Funcionário Ruam M.I. Série J.415/21/SK-8*   115

1.

**Relatos da Unidade de Computação G-417/101
Tema:** *Adaptação do Funcionário Ruam M.I. Série J.415/21/SK-8*

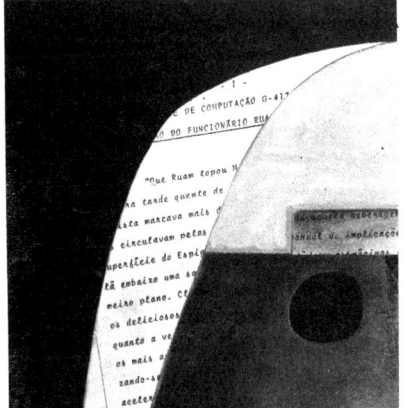

REL. 1:

"Que Ruam topou Miraia durante uma pane de esterolas. Era tarde quente de setembro. O Temperômetro Central da Paulista marcava mais de quarenta e três graus. Por isso todos circulavam pelas esteiras dos três planos subterrâneos. Na superfície do Espigão um deserto de pessoas. Em compensação, lá embaixo uma sobrecarga das velhas esteiras rolantes do primeiro plano. Clara razão de congestionamento. Todos buscavam os deliciosos e constantes dezoito graus centígrados. Tanto quanto a ventilação leve e ionizada do underground. Somente os mais apressados preferiam galopar pela superfície. Utilizando-se dos cab-horses livres. Ou seguindo a pé, em passo acelerado, por qualquer das cinco pistas centrais da Granavenida. Obedecendo todos às sinalizações de passo-ritmo dispostas no percurso. A paralisação já durava quarenta minutos. Os funcionários da Prefeitura Municipal de Sao corriam nervosamente pelo lado esquerdo das esteiras paradas. Capacetados e azulmacaconados. Esbarravam nas poltronas e mesinhas dos transeuntes. Muito barulhentos, com os ruídos estáticos de seus intercomunicadores. Comentava-se no momento que as esterolas do terceiro plano já estavam consertadas e corriam. Mas os letreiros de trânsito ainda luzofe. Sem iluminar nenhuma mensagem nesse sentido. Por via das dúvidas, era mais confortável permanecer ali. Nas macias poltronas bundessacos. Sorvendo um bem bom tubo de guar. Folheando a segunda vespertina de alguma nova já solta àquela hora. Ruam lia a nova O Estado de Sao. As manchetes todas sobre um assunto. NEGOCIAÇÕES PARA O AUMENTO DA TAXA DE PRESERVAÇÃO DE AMAZONLANDA. Recordava que essas negociações se repetiam todos os anos. Àquela altura de setembro. A primeira fora há exatamente dez anos. Lembrava-se bem. Acabara de ser nomeado segundo-tenente. Seguindo com sua unidade para combater no Protetorado Colombino. De todas, a sublevação mais violenta. Já tinha participado antes de vários levantes. Como os dos Protetorados Cisplatino e Peruíno. Mas naqueles a repressão fora bem mais rápida e fácil. Bastaram algumas dúzias de napalmdum. Enquanto que no Colombino só ele sabia quantas mortes e ferimentos havia custado. Perdera lá seu maior querido amigo. O Alvez, primo de Miraia. Companheiro desde o início de carreira. Aos dezessete anos, ainda lutador raso. Na maior campanha das armitropas braziliensis. A da conquista e formação do Protetorado Argentino. As manchetes da nova eram inquietantes. A Potestade Braziliensis não conseguira impor aos Conglomerados Continentais as novas taxas de preservação de Amazonlanda. Incrível cegueira daqueles imbecis! Recusavam pagar nosso oxigênio. Bem sabiam que se resolvêssemos cancelar o acordo estariam perdidos. Se retomássemos a exploração interrompida há dez anos, o mundo perderia seu último grande pulmão. Durante esses anos sempre reclamaram. Que nossas taxas eram exorbitantes. Extorsivas. Que chegamos ao que somos graças a uma grande chantagem cometida contra todos os povos. Tudo falso!, achava Ruam. Chegamos onde estamos graças à sabedoria de nossa Potestade, à força racial do nosso novo homem e ao valor de nosso torínio. Com o que temos fornecido boa parte da energia do mundo. Que queriam eles? Que continuássemos a ser colônia, como há séculos atrás, do extinto antigo país Portugal? Ou como há dezenas de anos passados, do país Estatonidos, plantando e vendendo para o mundo aquela beberagem sonofinda café? Ruam tirou do bolso o seu manual de implicações e começou a confrontar os códigos. Como em todas, as páginas daquela nova eram divididas por uma linha vertical de cima abaixo. Ficavam três quartos de página à esquerda, para as notícias escritas e fotos. O quarto da direita para os códigos. Cada informação codificada. Todo leitor possuía o seu manual de implicações, pelo qual verificava a importância prática que cada informação tinha para si. Esses manuais continham quatro capítulos, referentes às implicações gerais, grupais, familiares e individuais. No manual de Ruam o terceiro capítulo não era consultado desde o dia em que se desunira de Miraia. Sem filhos, cessara entre eles o compromisso de consultas familiares. A maioria das novas publicavam apenas os códigos. Eram pequenos tablóides em uma só coluna. Somente as mais tradicionais, como O Estado de Sao, continuavam com a parte escrita das notícias. Isso era necessário porque os leitores mais idosos tinham certa dificuldade de leitura dos códigos. Já os jovens preferiam novas só codificadas ou só liam a coluna direita das demais. Na parte publicitária das novas, só era permitida a publicação de reclames codificados. Por força de decreto graciado pela Potestade havia uns cinco anos. Desde então só se consumia produtos necessários ou realmente desejáveis. Os demais e excedentes eram exportados para os protetorados. A única publicidade escrita permitida em novas era a oficial. Logicamente, como sempre achara Ruam, os mais idosos não poderiam ser aí prejudicados. Feita a confrontação, Ruam logo percebeu que a maior implicação da notícia era geral. Se continuasse a discordância, a Potestade Brazileina denunciaria o acordo e passaria a reexplorar Amazonlanda. Cobriria a selva de autopistas superexpressas e instalaria ali milhares de produtoras. Concentraria na enorme região, em poucos meses, pelo menos uns oitenta milhões de funcionários deslocados das megalurbes. A aceleração do nosso crescimento seria vertiginosa. Em compensação, o sufocamento humano poderia chegar a níveis insuportáveis, pela gigantesca perda de oxigênio. Ruam constatou que a implicação grupal também era importante. O impasse poderia resultar em guerra com algum Conglomerado Continental. Nesse caso seu grupo de armitropa seria mobilizado para tarefas arriscadas e imprevistas, como sempre. Era essa sua função. Quanto à implicação individual, sem dúvida o fato poderia cancelar muitos dos seus projetos imediatos. Além de lhe aumentar o risco de extensão e intensão de vida. Mas isso não o preocupava tanto. Ao contrário, redobrava sua confiança na Potestade. Bem como seu orgulho em poder servi-la. Fora esse o exemplo do querido jovem Alvez. Ser fiel às últimas conseqüências. Oferecer a vida em penhor dos grandes desígnios da Potestade. Miraia nunca aprendeu a lição de seu primo, recordava Ruam com tristeza. Diferença que os levou à desunião. Por anos e anos tentara mostrar-lhe o Grande Caminho. Chegara ao desespero. Não conseguira libertá-la da influência dos Contaminados. Grande e único fracasso de sua vida. O sucesso o perseguira sempre. Menos quanto a Miraia. Mais revoltante era que os Contaminados ainda conseguiam sobreviver. Dos desígnios da Potestade era esse o único que não irmanava. Procurava entender, não conseguia. Sabia de cor todos os decretos graciados sobre o Departamento de Contestação. Que isso era bom para o Grande Sistema. Que lhe dava flexibilidade vital, aprimorava seu desenvolvimento. Com tristeza, nada o convencia. Daria tudo na vida para nunca sentir qualquer oposição à Potestade. Mas aí não podia concordar. Não entendia por que os Contaminados não devessem ser exterminados para sempre. Passados pelas armas heróicas das armitropas. Se assim fosse, o Grande Sistema jamais sofreria traiçoeiras perturbações. Seguiria seu caminho glorioso, cada vez mais forte e luminoso, distribuindo significado a todas as vidas. Os Contaminados sempre souberam se aproveitar da generosidade da Potestade. Exploravam muito bem as brechas que lhes eram oferecidas. Tentavam alargá-las cada vez mais. Até transformá-las em vácuos gigantescos. Através dos quais fariam passar suas pérfidas armas destinadas a explodir o Grande Sistema e a própria Potestade."

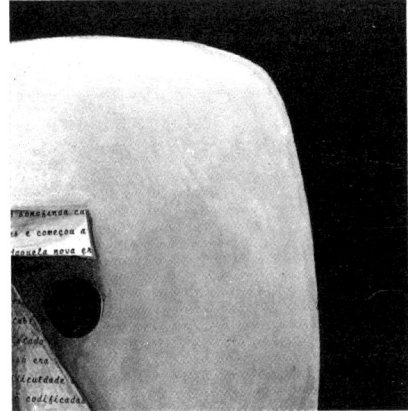

REL. 2:

"Que não via Miraia mais de ano. Depois da desunião nunca passara esse todo tempo sem revê-la. Da última vez encontraram-se no metrô Ela então vestia uma malha iusta preta de metal transparente que lhe deixava o corpo colado, sexerétil. Os cabelos longos castanhados. Pegaram ambos o trem na estação do Granorquidário Paraizo. Seguiram pela linha Norte/Sul em direção ao Ajuntamento Santana. Ela empedada junto à porta do último vagão. Consultando seu manual de implicações. Ruam então se aproximou por trás não percebido. Na altura da estação Saobento bundencoxou-a. Sentiu o estremecimento de seu corpo. Orgulhava que esse fosse um ponto de pequena resistência dela fêmea. Os Contaminados a haviam treinado para resistir a tudo. Delatochoques e Jusconfessadores. Mas nenhum treino que a impediria de sentir seus fisitouches! Miraia largou a nova e virou meio rosto, sem visá-lo. Ruam já encostava os lábios em seus cabelos, colava-se paralelo pelas pernas e corpo todo crescendo erexitado. — Acho que estamos indo pro mesmo lugar, sussurrou-lhe Ruam quando o trem deixava a estação Railuz. Ela virou o rosto inteiro e fixou-lhe os olhos. Seus lábios fechados faziam aqueles movimentos de ziguezague. Nela típicos. Sem falar mas aos poucos se entreabrindo. Sem falar aquela retenção de maxilares e queixo. Ruam disse: — Nós vamos vê-lo juntos. Era um dia da morte de Alvez. Como em todos os anos, não deixavam de comparecer. Passaram mais duas estações. A da Granavenida Cruzeiro do Sul e a do Balneário Carandiru. Logo chegaram ao Ajuntamento Santana, desceram do trem. Nada falavam enquanto iam pelas esterolas ascendentes. Miraia subia com mais facilidade. A custo ele a acompanhava. Reparou que ela usava sapatos cremalhados. Que ele vira anunciado em uma nova da semana anterior. Com ímãs autodespregáveis, que davam muita segurança a quem seguia as tabelas de passo-ritmo das esterolas. E Miraia as seguia muito bem. Emergiram. A temperatura estava boa para outubro. Trinta e sete graus marcados no Temperômetro Setorial do Ajuntamento. Logo viram dois cab-horses livres, esvaziando tranqüilos a mangetíria de acrílico. Ruam depositou meio crediselo em cada poste, livrando as rédeas. Ajudou Miraia a montar na selanapa, montou próprio e decegou os animais. Neles dispararam para o Funebrário."

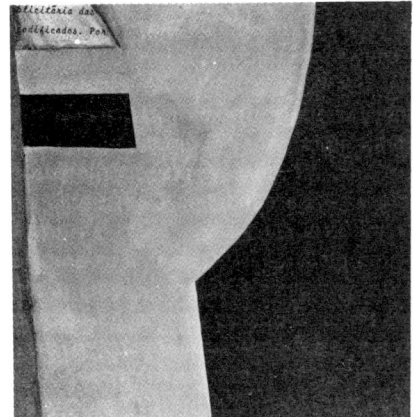

REL. 3:

"Que galopavam paralelos na cavalrode maior. A veste golda de Ruam cimabria com o vento. Os cabelos de Miraia voavam lindos. Ela virou e viu-lhe o peito descoberto. Pela primeira vez sorriu real, agora ainda com desejo. Pouco depois estariam com Alvez. Caminharam no Funebrário pelos enormes cilindros brancos. Passaram por várias cabines. Elas se agrupavam em alas, segundo as guerras. Chegaram à ala dos mortos em Colombino. Breviado ALMOCOLOM. O Intendente do setor já os esperava. Era um velho conhecido. Encontravam-se todos os anos naquela data. O funcionário advertiu: — Vocês hoje estão muito atrasados. Já pus em funcionamento todas as outras cabines! — Quanto tempo ainda temos?, perguntou Miraia. Ruam tipou o Intendente com dois crediselos. — A gente dá um jeito!, disse o funcionário guardando os crediselos no seu pequeno bolso. — Muito bem, vamos começar disse Ruam. O Intendente aproximou-se apressado do painel. Antes de manuar o botão luzofe, virou solene para o casal. E com o gesto destrarmerguido, orou: — Salve a Potestade! — Salve a Potestade!, respondeu Ruam com o mesmo gesto. — Salve a Potestade., respondeu Miraia mas com meio gesto, baixo em nulogusto. Em seguida o casal sentou-se nos bundessacos, enquanto o Intendente manuava as fitas no painel. Já luzofe, afastou-se a panarede e surgiu Alvez. O querido jovem vestia o uniforme de campanha então usado por sua unidade de armitropa. Aquele modelo de veste golda, igual ao que agora também vestia Ruam, por homenagem. Aparecia belo como sempre, com sua tez purimarrona de legítimo novo homem brazileino. Saudou com um largo sorriso e o gesto destrarmerguido, o que seguiu Ruam. — Estou alegre em vê-los juntos, disse Alvez enquanto estampava seu tubo de guar. — Foi por coincidência..., adiantou logo Miraia. — ...Topamos no metrô ainda há pouco. — Como sempre tem sido, sabe Alvez?. disse Ruam. — ...Apesar de tudo coincidimos em você!...Alvez fixou Miraia com aquele ar patervolente. — Você está linda, primita! Como tem se cuidado?... — As coisas para mim não vão tão bem como pro findesposo, disse Miraia enquanto também estampava seu tubo de guar. — E você, companheiro soldado? Como segue o Grande Caminho?, disse Alvez como se tivesse ouvido as falas. Por já antigo que fosse, aquele processo maravilhava Ruam todas as vezes. Ali estava seu querido amigo decemorto, mas como em carne e osso perfeito. A sua programação holográfica fora executada tão precisa, a ponto de participar da vida comum, ainda agora. As informações posmórticas de Alvez computadas perfeitas, como se ele ainda vivo, novasciente consultasse o seu manual de implicações. Orgulhava aí Ruam por essa obra da Potestade e do Grande Sistema. — Fui promovido a funcionário capitão do meu grupo de armitropa. Nossa função especial é a de missões imprevistas... — Que no entanto têm êxito sempre previsto..., cortou Miraia. Ruam devolveu tonagressivo. — Sempre têm êxito os servidores fiéis da Potestade. Fracassam os inimigos estranjos e os malditos Contaminados! Miraia se conteve a custo, pela presença do funcionário Intendente. Não convinha arriscar-se demais naquele batimento militar, o Funebrário. Como funcionário do Departamento de Contestação ela conhecia os limites legais da subversatividade. Quando ultrapassados a punição era rápida e dolorrível. O que mais temia eram certos aparelhos de jusconfessadores. Como aquele modelo de injetor de pesadelos. Havia passado pela dramáquina cerebral quarenta dias atrás. Mas seus efeitos ainda permaneciam em pelo menos trinta porcento."

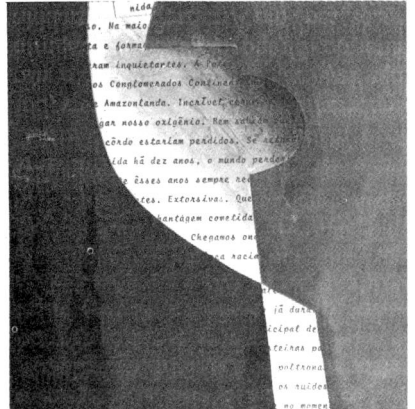

REL. 4:

"Que no da última noite ela estava no Granorquidário Paraizo. Passerenava na estufa das orquídeas gigantes cujo perfume sempre amara. De repente começou a ouvir um zumbido lindo que foi crescendo enquanto o floroma aumentava. Mais intenso, ainda mais, até um ponto em que deixava de ser naridoce e o zumbido de canto ouvidoce também virava um langorido insuportável. Cada vez mais. Um cheiro podrenojo de sentina que aumentava fetilento vomitoso. Enquanto as belas arcorquídeas pretavam e empeludeciam com cabelos enormes, de repente. Gritou então desesperada, tentou com a mão tapar o cheiro, ouvidos e olhos. Mas os cabelos gigantes eram laços que amarravam seus braços. Depois começavam a penetrar as corpofendas, enfiando por cheiro boca buceta e análias até às vísceras que amarravam e apertavam em megadores lancinantes. Ao acordar ainda sentia os efeitos doídos em todas as partes corpunidas. E era o castigo já reduzido em setenta porcento. Desde o último aprocho com o injetor, tinha quarenta dias. Mas a punição dos Contaminados nunca chegava a níveis realmente insuportáveis, de perecer. Porque o Grande Sistema não queria a adesão total. O Departamento de Contestação tinha de ser preservado, segundo os desígnios da Potestade. A espera dos Contaminados era a de que os limites se alargassem até o descontrole de caosoar e fagotar o Grande Sistema e a Potestade. Isso que Miraia também esperava. Sem importar de essa espera ser ou não já programada."

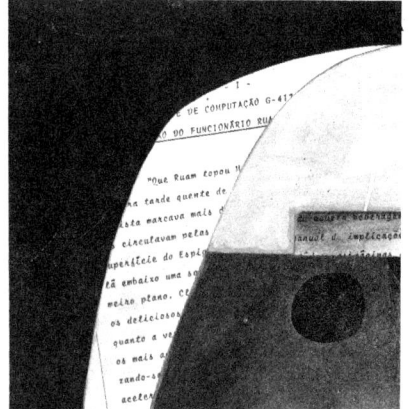

REL. 5:

"Que Ruam e Alvez seguiam a conversa sobre as principais notícias das últimas novas. Alvez parecia novasciente. Porque o funcionário Intendente se incumbia de abastecer sua memória cibernética, sempre com novas fitas. Programava as falas de Alvez com as informações mais importantes. Assim Alvez parecia já saber que os indígenas de Amazonlanda habitavam o Parque Grancentral. A nova reserva graciada pela Potestade, placeando a antiga capital Brazília. Durante muito tempo discutiu-se sobre a conveniência ou não de se transferir para lá os genolíticos brazileinos. Fora uma exigência dos Conglomerados Continentais. Achavam que os índios confinados já predavam as florestas. Por isso chegaram a pleitear redução na taxa de preservação. Mas a Potestade negou-lhes esse pretexto. E determinou a transferência de todos os índios para a quedada antiga cidade monumento. Sábio aproveitamento daquelas ruínas. Outra notícia conversada era a inauguração em Sao de mais uma Granunidade Escolar de Formação do Novo Homem. Ruam disse: — Ela é maravilhosa, companheiro!... Até os pequenitos compõem em seus micromputadores novos lindos hinos à Potestade!... É corditouche! Corditouche, companheiro!... Miraia aí caretou insossa, deu de ombros. Então o Intendente butonou a campainha de final e se despediram Ruam e Alvez com o gesto destrarmerguido. Miraia só com o adeus comum de saudade. Fechou-se a panarede e luzonou. — Não deu pra demorar mais..., disse o tipado Intendente. — ...Mas vocês ainda têm uns minutitos pra juerar com ele. Abriu sorrindo uma outra porta, por onde os conduziu. Miraia e Ruam entraram. Já conheciam bem aquela sala, de todos os anos, naquela data. Miraia ainda mais. Porque vinha outras vezes pelo ano juerar com o primito. Ele estava ali miniaturado em um lindo boneco mecânico. Seu tecido era original, ingredinado com o pó mortário de Alvez. Podia pegá-lo, beijá-lo. Colocá-lo em movimento com todos os outros objetos também miniaturados e ingredinados com a matéria dos antigos pertences do querido jovem. Podia ainda vesti-lo com novo uniforme feito por ela ou despi-lo, pô-lo a fazer ginástica na barra ou jogar buletol. Miraia fazia isso agora e ria divertida. Ruam gostava desse sorriso. Deixava-a brincar com o boneco e só espiava, de perto. A alegria de Miraia o excitava. Bundencoxou-a, mas agora forte. Ela se deixou abraçar. Meneou erexitada, carinhando o primito boneco. Mas logo se soltou dos braços de Ruam, nulogusto. — Aqui não é lugar, disse. — Então vamos pra outro lugar..., disse Ruam querendo tirar o boneco Alvez de sua mão. Sem conseguir, porque ela espremia o primito no rego dos peitos. Erotinflados. — Não há mais lugar para nós juntos, Ruam! — Sempre houve... — Não dá mais pra recomeçar nada... — Sempre deu!... — Eu não quero mais!... — Mentira!... — Já tentamos demais... Somos entopostos... — Não!... Somos seratráteis!... Aí Ruam forçou o aprocho, agarrando Miraia. Que gritou: — Sou uma Contaminada!... Ruam estatou felinódio. Miraia gargalhou tonagressiva. — Contaminada! Contaminada!... Você não gosta da palavra? Sabe muito bem que é só isso o que eu sou! Findesposa maldita Contaminada!... — Você é funcionária qualificada no Departamento de Contestação. E legaparte do Grande Sistema. Permitida e graciada pela Potestade... — Mas eu odeio a Potest... Miraia não deu para terminar a frase. Porrada socoboca que ganhou do findesposo. Quedou labisangue agarrada ao primito. O funcionário Intendente entrou na saleta. — Infelizmente o tempo esgotou. Desviolhou Miraia, chanqueada. Retomou levetouche o boneco de suas mãos e arrumou os objetos fora de lugar. Ruam ainda felinódio, mais intenso, escramou correndo da cabine. Correndo outego pelos enormes corredores. Só queria estar bem longe daquele batimento. Não queria fuzilódio ver Miraia nunca mais. Fuzilódio porque ainda a amava e desejava. Não adiantava enganar. Depois de anos e anos tudo vencera, menos aquele sentimor. Cordicrashe sentimor por uma Contaminada. Que o fazia sentir-se traidor da Potestade. Mechante. Não queria fuzilódio mais vê-la nunca mais!"

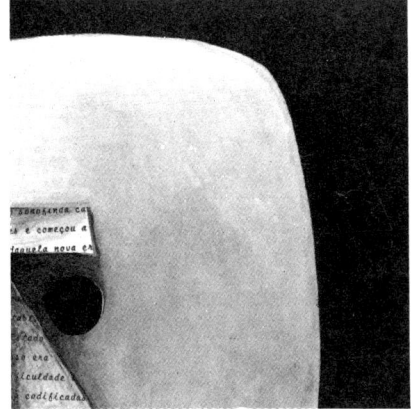

REL. 6:

"Que de fato passou aquele todo tempo sem revê-la. Mais de ano. Até que a topou naquela tarde quente, no underground da Granavenida Paulista, durante a pane de esterolas. A paralisação das esteiras já durava uma hora. Boa parte dos transeuntes já havia abandonado as velhas esterolas do primeiro plano. Alguns para os dois planos inferiores. Outros, principalmente os mais jovens, arriscavam emergir. Para enfrentar os quarenta e três graus da superfície. Tentar conseguir, com muita sorte, um cab-horse livre ou trotar próprio em base do passo-ritmo. Ruam preferia esperar. Porque não era certo que as esterolas dos planos inferiores estivessem funcionando normalmente. Os letreiros de trânsito ainda permaneciam luzofe. Também não se dispunha a trotar na superfície. Àquela altura da tarde laziava a ginástica. Mas bem sabia que a razão de estatar ali sentado era outra. Não adiantava enganar. Topara Miraia. Ela estava na esterola a uns trinta metros mais adiante, havia vinte minutos. Com certeza já o tinha percebido. Mas fingia nulivisá-lo. Ele a via muito bem de perfil. Mais magra que da última vez e de rosto abatido. Com malha justa agora verde de metal transparente. Os cabelos um pouco mais curtos. Pendurado ao ombro um capacete plastivitrado também verde, preso ao pulso esquerdo por uma corrente. Ruam já a fixava há vinte minutos, durante o recordo devaneio do tempo passado. Interrompeu-o duas mãos fortes por trás de seus dois braços, pelo muque. Virou e viu Carliós. — Salve a Potestade!, bradou-lhe o funcionário capitão, com o gesto destrarmerguido. Ruam respondeu com o gesto, só balbuciando a expressão. Detestava os ares mentiposes daquele ambicioso companheiro. Ainda mais, toda sua pessoa lhe era nulogusto. Carliós parecia tão fiel quanto Ruam às normas do Grande Sistema e aos desígnios da Potestade. Mas aí Ruam sentia uma grande diferença com esse companheiro. Carliós não seguia o Grande Caminho tanto por convicção e amor à Potestade. Mas por ambição pessoal, carreirista mafedente. Subira rápido nas Armitropas graças a arranjos, nuliprobos. Procurava sempre demonstrar-se o mais intransigente seguidor das normas. Denunciava os que fraquejavam o cumprimento. Muitas vezes promovia uma traição para denunciá-la. E assim galgar posições à custa das denúncias. Para Ruam se fingia granamigo. Mas Ruam sabia que a qualquer menor deslize viraria seu degrau. Carliós vestia então o uniforme estirado impecável, como sempre. Ao topá-lo disse: — Pensativo, companheiro? ... Posso adivinhar que está preparando uma brilhante participação para a reunião de logo mais... Reunião de logo mais... Ruam realizou o compromisso importante de que se esquecera por vários instantes. Desde a parada das esteiras. E principalmente o viso de Miraia. Seria na Grancentral Militar do Ibirapoera. Naquele conjunto de cinqüenta batimentos gardenpensos, sede das Armitropas Brazileinas locadas em Sao. Não convinha de modo algum demonstrar a Carliós o menor alheamento do compromisso. Muito menos a razão desse. Importava agora esforçar-se para ter claramente os problemas que seriam lá discutidos. Assim Ruam tentou, no que respondeu a Carliós. — Acho que a melhor participação será gravar as palavras do companheiro funcionário Coronel. Apreciou próprio a oportuna fala que lhe saiu. Demonstrava assim ao nulogusto companheiro a disciplina de seu voliopensar, qualidade essencial de um funcionário de armitropa. Animado continuou, agora mais claramente os assuntos de serviço. — O novo sistema de mobilização dos nossos grupos é nulifalho, com as providências adotadas pelo funcionário Coronel. Ao que Carliós rebateu provocante. — Mas o que importa saber é se todos os chefes de grupo de armitropa estão conhecendo perfeitamente os detalhes das providências do funcionário Coronel. Muitos de nós me parecem um tanto alheados desses detalhes. Aquilo parecia um provoteste do maldito Carliós. Com certeza ele já havia calculado e recalculado em seu micromputador todos os itens estratégicos das novas instruções. Estava com todo o esquema agora superclarimente. E disposto a provotestar duro quem tivesse menolavorado. Carliós jamais admitiria que um funcionário de armitropa se desviasse pelo menor instante de concentrar na tarefa. Principalmente se por um sentimor. Pior ainda, sentimor por uma... Ruam interrompeu esse pensamento pessimista. Não precisava exagerar. Afinal de contas Carliós não conhecia Miraia. Sabia que Ruam tivera uma união com pessoa suspeita ao Grande Sistema. Mas há muito tempo e que virara findesposa. Não precisava se assustar. Carliós não a reconheceria. E mesmo que sim, não podia adivinhar seu sentimor que ainda havia. O importante era não se trair em distração. Mas era difícil fingir nulivisar Miraia àquela altura. Quando já tinham se fixado forte por alguns instantes. Ruam começou a preparar uma resposta ao rebate de Carliós. Antes de dá-la, soou a sirena do fotebol das cinco horas."

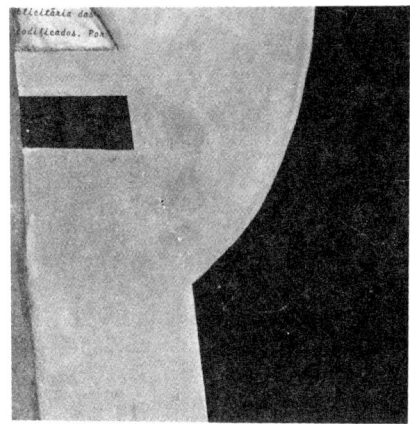

REL. 7:

"Que imediatamente Carliós saltou da esterola. Puxou então seu apitor. Pendido do pescoço, subeveste. E deu três longos apitos gesticulando para todos os transeuntes daquele plano de underground. Lembrou aí Ruam que Carliós era um bolíder de primeiro grau. Todos os dias às dez da manhã e às cinco da tarde em ponto, toda a população era obrigada a praticar o granesporte brazileino. No lugar em que estivesse. Por isso que em todas as praças, ajuntamentos, granavenidas, estações, planos de underground, produtoras e centros comerceiros, havia uma área plastigramada para o exercício do fotebol. A prática bidiária durava quinze minutos. Por decreto graciado pela Potestade havia dezenas de anos. Todos, homens e mulheres dos oito aos noventa e oito anos eram obrigados. A organização das equipes cabia aos nomeados bolíderes. Escolhidos entre os funcionários militares de prestígio junto ao Grande Sistema. Em qualquer lugar que se estivesse naqueles horários sempre haveria um bolíder com seu apitor. Pronto pra comandar o exercício. O Grande Sistema programava rigorosamente o movimento dos bolíderes. Pra que nenhum grupo de pessoas ficasse sem sua orientação durante aqueles quinze minutos. Todas as outras atividades eram obrigatoriamente interrompidas. Cabia ao bolíder sempre ter consigo uma bola tubinflável. Para colocá-la em jogo nessa ocasião. Caso houvesse mais de um bolíder entre um mesmo grupo de pessoas, o comando pertencia ao mais gradado. Gradação de três. Para identificar-se a senha era o apito. O bolíder trigrado apitava uma vez. O dugrado duas. O unogrado, como Carliós, devia apitar três longas vezes. Por isso que ao soar seus três apitos todos os transeuntes rapidamente deixaram as esterolas e se encaminharam para a área plastigramada do primeiro plano. Seguiam suas instruções gesticuladas. Ruam também moveu-se rápido, como de hábito. Mas observou que Miraia foi a última a mover-se e por fim o fez com gesto nulogusto, laziado. Preocupou aí Ruam os olhos policiais de Carliós, que pudessem atingir Miraia, punilentes. E a ele próprio, se o percebesse visá-la. Mas depois de alguns segundos todos os transeuntes e os azulmacaconados funcionários da Prefeitura de Sao já estavam no plastigramado. Fixados em suas posições, segundo as instruções gesticuladas de Carliós. Já punham os seus capacetes. Os normais dos que já portavam, como Miraia, e os tubinfláveis, retirados do bolso da veste, como o de Ruam. Iniciou então uma algazarra enorme de gritos e alaridos. Nuliparolas. Todos berravam e estentoravam sem nada dizer. Vibrando em grunhidos como os índios genolíticos que habitavam Brazília. Carliós distribuiu a bola e deu partida. Os gargangritos cada vez mais aumentavam com o entusiasmo irresistível do exercício. Sem perceber, mas querendo, Ruam já estava bem próximo à posição de Miraia. Ela não gritava. Ruam preocupava-se também com isso mas por causa do ambicioso Carliós. Já costumava vê-la assim há muitos anos. No entanto ela jogava muito bem. Dado instante joelhou a bola para Ruam que furou. Aí Miraia lhe sorriu pela primeira vez. Ruam rubrou. Tanto pelo furo quanto pelo sorriso. E talvez mais pelos olhos policiais de Carliós. Mas este parecia nulivisá-lo agora, ocupado com o todo da partida. Apitando e gesticulando cada vez mais. Perturbara Ruam aquele sorriso de Miraia. Não adiantava enganar. Enquanto visava a bola distribuir-se pelas cabeçadas e chutadas dos transeuntes, ousava admitir novamente a força do sentimor. Seu por Miraia. Perturbação mais incômoda, porque assim desatentava o jogo. O que não podia fazer, principalmente um funcionário capitão. Que admirava aquela prática graciada pela Potestade em benefício do treino físico do novo homem. Enquanto Miraia mesmo em nulogusto não degajava. E praticava muito bem com passes tranqüilos e precisos. O jogo seguia e o mal-estar de Ruam. E os gritos nuliparolas de todos aqueles capacetados. Ruam sempre odiara o vozerio. Mas nunca antes o sentira tão violento. A cidade inteira grunhia aquela gritaria arquinfernal. Todos os outros ruídos eliminados durante os quinze minutos. Milhões e milhões de funcionários da megalurbe de Sao. Todos. Era o exercício que intensificava todos os entusiasmos. A hora em que todos se encontravam arbitrariamente com o mais próximo. Agrupados em milhares de equipes, aprochavam-se frenéticos pela bola tubinflada. Corriam, batiam, caíam, machucavam-se sangrados. Urravam de dor e de vibror misturados e iguais. Todos. A ânima pura brazileina que viscerava enquanto dançava o fotebol. No fim dos quinze minutos ressooua a sirena. Endegamou. Um funcionário transeunte, aparente centevintano e de mãos descarnadas, arremessou a bola ao bolíder. Carliós a pegou só com a mão direita. E elevou-a para o alto com o braço em esticado, virando em gesto destrarmerguido, quando orou bradissoante: — Salve a Potestade!, no que todos os demais transeuntes bradaram com o mesmo gesto. — Salve a Potestade! Carliós então desinflou a bola e a dobrou com cuidado. Colocou-a no bolso. Guardou também seu apitor. No exato momento em que deu o ronco nas esterolas. Começaram reandar. Todos voltaram a elas ofegantes e suados. Sentaram de novo naquelas macias poltronas e estamparam seus tubos de guar. Sorvendo com muita sede. Acabara a pane das esteiras. E nelas Ruam seguia pelo Espigão da Paulista, em direção do Granorquidário Paraizo. Donde conectaria o metrô para a Grancentral Militar Do Ibirapoera."

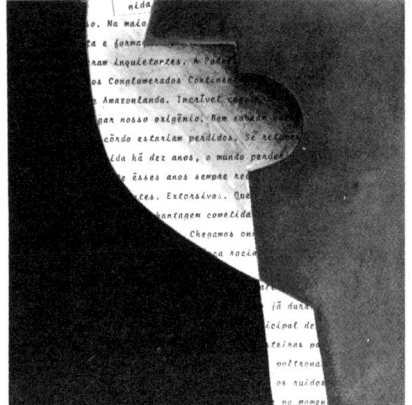

REL. 8:

"Que Miraia seguia à sua frente. Não via agora Carliós e torcia pra que ele ocupasse alguma poltrona longe da sua. Ouviu passos por trás de quem vinha pelo lado esquerdo da esterola. Quando passou, Ruam o percebeu. Ainda não era Carliós. Mas aquele vulto corpalto e esguio de longos cabelos pretos, andarrastante, não lhe estranhava. Andou ele os trinta metros na esterola e sentou-se ao lado de Miraia. Falaram bem próximo um do outro. Ruam notou o sorriso doce de Miraia, ao acolhê-lo como num encontro apontado. Não pôde aí controlar o sentir jaluso. Reconheceu Mendo, o famoso líder Contaminado. Mais envelhecido e arrastante, mas de viso forte como sempre. Mendo combatera o Grande Sistema com audácia fora do comum. Sofrera a repressão como poucos. Passara pelo compulso transplante. Essa técnica repressiva só era usada contra os mais perigosos Contaminados. Ela os tornava doadores compulsos de órgãos do corpo a funcionários doentes que os necessitasse. Mendo já trocara de coração, esôfago, estômago, rins e uma das pernas por outros de receptores doentes. Assim os Contaminados eram punidos. E premiados os funcionários fiéis ao Grande Sistema e à Potestade. Principalmente se de armitropa, lesado heróico de alguma batalha. Sabia Ruam que Mendo trocara de coração com um funcionário Major. O companheiro Major já tivera três enfartes punticordis. Por isso fora obrigado a dietas extremas. Com medicamentos em quantidade. E contenção nulijusta a quem tanto servira aos desígnios da Potestade. Daí que os médicos mais gradados do Grande Sistema decidiram premiá-lo com um sancorde perfeito. Sanguíneo forte e ventriculento. Justo o pertencente a Mendo, o vil Contaminado. A operação fora feita com êxito total, pelos grandes cirurgiões. O Major recobrara as suas energias essenciais à seqüência do Grande Caminho. E o Maldito Mendo teve que se submeter às dietas e medicamentos. Vez ou outra tinha que nulogusto indagar ao Major sobre alguma característica do órgão trocado entre eles. O caro Major, generoso, sempre o atendera. E Mendo conseguia graças a isso cuidar muito bem desse órgão doente. Como dos outros também punitransplantos. Esôfago, estômago, rins e perna. O mesmo solicitava dos outros receptores. Conseguia que todos o atendessem, de um modo ou de outro. Sabendo do passado dos órgãos que agora usava, Mendo resistia às suas enfermidades. E resistia bem ao ponto de seguir com suas vilatividades de Contaminado. O Grande Sistema teve de nomeá-lo chefe de uma importante seção do Departamento de Contestação. Ruam jaluso desconfiava que a essa seção deveria pertencer Miraia. Soubera de um aprocho mais profundo entre os dois, tempos atrás. Felinodiava agora que algo ainda continuasse entre eles. Era o que parecia pelo modo que se juntavam na esterola. Aquele sorriso de Miraia ao acolhê-lo. Ruam ouvia de novo passos por trás de quem vinha pelo lado esquerdo da esterola. Que sentou na poltrona ladeada. Agora era Carliós. Não possibilitava escapar. Teria que reconcentrar e enfrentar suas próprias falas. Que logo vieram. — Você não está tão bom no fotebol, companheiro. Senti-o distraído do exercício. Talvez por sua preocupação com as últimas das novas. Ou com a reunião de logo mais. Só pode ser... Você sempre foi um ótimo jogador!... — Nem tanto, Carliós... Nem tanto, respondeu Ruam pausado, evitando o tom de ponta amarga que por certo lhe sairia. — Mas de fato as notícias não são nada boas. Os Conglomerados resistem estupidamente às novas taxas. Carliós assumiu uma tensão facial felinódia quando disse: — Estúpidos miseráveis fetilentos!

Haveremos de destruí-los todos! Empedrar-lhes o sangue podrenojo! Ruam espantou-se pelo viso feroz de Carliós. Embora concordasse que a atitude dos Conglomerados fosse estúpida e miserável, assustava-se com a intensidade odiosa daquele viso. Carliós continuou: — Haveremos de esmagar esses vermes que desrespeitam a nossa Potestade! Os foguetes brazileinos destruirão para sempre suas porcas megalurbes! Envenenaremos todas as suas águas doces!... — Calma, companheiro, ainda não lhes declaramos guerra! O acordo ainda pode sair..., disse Ruam com a prudência competente de um funcionário capitão. Apreciou próprio essa sua fala. Porque estava mostrando ao ansigerado companheiro um controle de ânimo muito apreciado pelo Grande Sistema. Aproveitando o embalo sentiu-se forte para provocar o nulogusto Carliós: — Você não deve se precipitar em dizer essas coisas. Não se pode antecipar os desígnios da Potestade! Essa última rubrou e senjeitou Carliós. Ruam aí sentiu-se aliviado enquanto percebia Carliós já arrependido de seu exagero. — Claro, claro companheiro, falou Carliós bem menos arrogante. Isso é apenas um sentimento dentro meu, sem nenhuma posição preassumida... — A Potestade é muito generosa e lutará pela paz até onde for possível, continuou Ruam confiante. De repente quebrara o aprumo do afoito mentipose. O que o tornou mais livre para uma espiola naqueles dois ali na frente. Miraia e Mendo sussurravam. Agora quase narijunto. Sorriam alegres e leves colúmbios. As esterolas já chegavam ao Granorquidário Paraizo. Onde saltaram Ruam e Carliós. Ruam viu que também Miraia e Mendo haviam saltado e seguiam para fora. Acompanhou-os com o olhar até onde pôde, porque teria que descer com Carliós até o plano do metrô. E o casal ascendeu em direção à estufa das orquídeas gigantes. Ruam aí jalusou dolorrível. Lembrou de seus primeiros encontros com Miraia. Era sempre ali que ela preferia. Malestou, sentiu vontade de chorar. Pegou com Carliós o trem para Ibirapoera. Seguiram silenciosos."

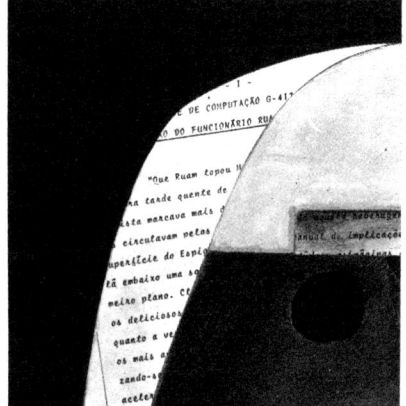

REL. 9:

"Que em pouco tempo já estavam emersos e entravam no batimento-mor da Grancentral Militar. O que parecia flotar sobre a lagoa maior do parque. Vermarelo como todos os outros. E como as ruas e passeios daquela grande área. As cores básicas das Armitropas e da Bandeira Brazileina. No parque só árvores de flores amarelas. De preferência as acácias de amarelo próprio igual ao do pendão. E o verde de todo o chão plastigramado, também na mesma tonalidade da Bandeira e das fardas brazileinas. A mensagem codificada que lumiou no painel de entrada do batimento-mor foi percebida pelos dois capitães. Era exclusiva para os chefes de grupo de armitropa, como o caso de Ruam e

Carliós. Indicava que a reunião do dia seria nos cincó últimos andares do batimento. Isso queria dizer resumido que a reunião seria especialmente importante. Com fato novo ocorrido, modificada a pauta de rotina. Reunião especial nos cinco andares de sauna. Comumente os funcionários de armitropa os chamavam de "quintandares de purificação" De fato eram todos uma grande sauna. Quanto mais altos de temperatura mais alta, até chegar-se ao último do batimento. Onde havia uma enorme piscina totandar. Passava-se de andar a outro nos enormes elevadores que transportavam cada mais de cinqüenta funcionários. Essas reuniões especiais começavam no primeiro dos quintandares. Aí já todos os funcionários militares estavam nus, com apenas suas toalhas vermelhas e seus tubos de guar. Enquanto se desenvolvia a reunião, dado momento se resolvia subir ao próximo andar, de maior aquecimento. A sauna assim se quentava no decorrer. O Coronel Presidente determinava o momento em que todos deveriam subir de um andar para outro, pelos elevadores. Ruam e Carliós dirigiram-se então ao primeiro andar da sauna, seguindo a mensagem do letreiro. Se despiram e logo entraram na sala de reunião, só com toalhas vermarelas. O funcionário Coronel já lá estava à mesa presidente. À hora exata marcada iniciou: — Já viram que nossa reunião de hoje será uma especial. Não seguindo a programada porque surgiram fatos novos a reprogramar. Todos são novascientes e por isso devem saber que as últimas notícias são muito graves. Seus manuais de implicações já lhes situaram. Transmitiu sua fala secada com o mesmo tom de uma chamada de ponto, da mais simples rotina. — Os Conglomerados se recusam a aceitar as novas taxas de preservação de Amazonlanda fixadas pela Potestade. O impasse exige nossa mobilização. Ruam sentia-se fisicamente bem naquele ambiente purificador. Um agradável floroma permanente. Galhos tenros com folhas macias para chicotear o corpo, deliciosa massagem. Os poros que se abriam ao calor ambiente. Calor da sauna, calor dos corpos sudorados dos companheiros de armitropa. Unidos calientes de afeto irmano, no mesmo propósito de seguir com glória o Grande Caminho. E servir à sábia Potestade. Secundava a mesa o funcionário Major que tomara os órgãos punitransplantos de Mendo. Saludável enjovado, recebeu então a palavra do Coronel em seqüência. — Aplicaremos de imediato a nossa estratégia de mobilização do comandante Coronel. Todos já conhecem os detalhes. Pois a tarefa para hoje seria a discussão de entendimento dessas normas. Mas pelas últimas ordens não haverá discussão de entendimento. Essa fala do Major provocou em Ruam um leve estremecimento. Calafrioso. Pela preocupação de não saber batipronto os detalhes daquelas normas. Desviara um tanto a atenção da tarefa daquele dia. Olhou para Carliós. Que então se chicoteava com os ramos. Com energia altiva de quem está senhor do momento. Mais calafriou quando

Carliós rebateu-lhe o viso. Com sorriso superior de ponta maldosa. Ruam aí temeu o momento. Se fosse interrogado... Mas o Coronel ordenou a primeira subida de andar. Todos filados para o grande elevador. Instantes depois já estavam na segunda sala. Mais quente. Tomaram seus degraus verdes de madeira pino brazileina. Nesse andar começava-se a ouvir os sons distantes de um lindo hino à Potestade. Era a música necessária ao maior quentamento dos funcionários de armitropa. Acalento fervor. Os poros deveriam aí abrir-se ainda mais. E mais sorvidas as falas do funcionário Coronel que logo recomeçou, agora em tom não mais secado. Com entusiasmo viril. — A qualquer momento receberemos uma grande ordem. Estaremos prontos para executá-la. Perfeitos. Seremos perfeitos se soubermos seguir com rigor o Grande Caminho apontado por nossa Potestade. Ela nos dirá como vencer. E com Ela todos venceremos, como sempre. Muitos de nós partirão, muitos ficarão. Ficaremos nos domínios brazileinos para defendê-los com até a última gota de nosso sangue. Nosso sangue de novo homem. Ou então partiremos para os domínios do inimigo. Para os destroçarmos, aniquilarmos, pulverizarmos se assim determinar a sábia Potestade! Novamente a palavra foi dada ao funcionário Major, que continuou agora com instruções precisas. Tarefas de cada grupo. Ruam ainda aí não percebia o quanto se distanciava do momento. Repensou Miraia. Forte, cordicrashe. Entrando com Mendo no Granorquidário, abraçando sua cintura. Como antes com ele, Ruam. Quando ainda unidos. E ela ainda não cedera às idéias Contaminadas... Tanto que se entusiasmava com as pesquisas botânicas do Grande Sistema. Que chegaram ao tamanho daquelas arcorquídeas, únicas no mundo. Que além de grandes, lindas, de um perfume doce, tão doce, de sonho. Ruam distanciava o voliopensar. Ouvia apenas longe o hino crescente. O calor também maior, os poros totabertos, os sons dos ramos floromos que chicoteavam seu corpo e os dos outros. E as falas do Coronel e do Major, cada vez mais bradas distantes e o elevador que os levava ao terceiro e quarto andares da sauna, onde os sons do hino já eram altibrados, retumbantes e onde os corpos nus e os espíritos todos arquiferviam de vibror pela Potestade. Mas ele retinha o voliopensar ali no Granorquidário, há anos de distância daquele momento, ali agora abraçado colado a Miraia, grudados, beijando-se em enorme louco sentimor. Ainda unidos. Grudados enquanto viam e ouviam o valsarar das grandes orquídeas e dele participavam apaixonados. Elas se moviam aos sons dos pratos acústicos espalhados por toda a estufa. Mas esses pratos sonemissores eram tão embutidos na terra ou camuflados entre os ramos e folhagens que se tornavam invisíveis. O vento suave soprado na estufa no mesmo compasso fazia a dança das arcorquídeas. Ruam então laziava naquele sonoro som e ritmo. Ouvia-o no recordo devaneio e assim tapava os ouvidos ao hino entoado na sauna, no quarto andar. O canto de força e poder acompanhado pelas vozes da armitropa. Visou os companheiros em volta. Já não cantavam mas bradavam gargangritos, jueravam e ... nadavam! Percebeu bruscamente, voltou ao momento. Sentiu a água gelada que agora lhe fechava os poros. Calafriou. Sem se dar conta já estava com os outros na piscina totandar. Pulara ou fora jogado, sem agora saber. Aquilo dizia que a reunião já terminara. Sem ter percebido. Dizia também que ele quedara como em sono e sonho, inconsciente do momento, durante o recordo devaneio. Moveu-se até ali sem saber como e por que, quedado nu com os outros."

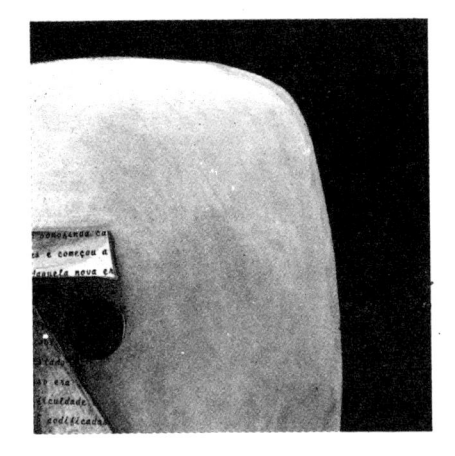

REL. 10:

"Que foi nesse dia e hora que aconteceu a primeira dúvida. Um lampejo terrível focado para dentro. Aquela passagem outego do segundo para o quinto andar não repetia o movimento de toda a sua vida? Não fora levado a posições sempre mais altas atravessando o Grande Caminho sonolente em sua crença? Distante sempre dos momentos programados pelo Grande Sistema? Sufocando sempre os sentimentos mais fortes, mais dentro, cordicrashes? Posturando com eficiência seu papel de fiel funcionário, herói de armitropa, novo homem brazileino, de tez purimarrona, espírito vermarelo...?? ... Ruam aí estremeceu de culpa por esse voliopensar Contaminado! Mas não conseguia evitá-lo. Depois de vencer glorioso em tantas guerras sucumbiu à primeira dúvida. Talvez nem fosse uma tão grande. Mas |o Grande Sistema não o tinha programado para duvidar. Alguma falha ocorrida. Enquanto nadava naquelas águas geladas verdes invadidas dos corpos nus entusiasmados, juerando em gargangritos, tinha uma sensação até ali única em sua vida. Estremecia, angustiava, não fugia do voliopensar: Abominava tudo aquilo do modo mais profundo imaginável, cordicrashe, visceral, podrenojo!!! Sua vida inteira vivera um papel mal programado. De fiel seguidor do Grande Caminho, defensor nulifalho da Potestade. A partir daquele dia e hora Ruam seria outro, ao sair dos quintandares de purificação."

2.

**Relatos da Unidade de Computação G-417/102
Tema:** *Adaptação do Funcionário Ruam M.I. Série J.415/21/SK-8*

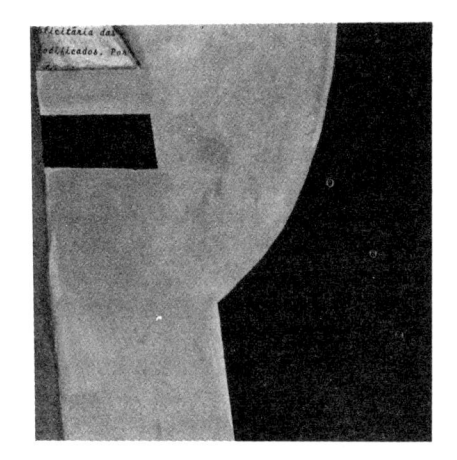

REL. 11:

"Que o Grande Sistema seguia o seu caminho glorioso, distribuindo significado a todas as vidas brazileinas. Os Conglomerados Continentais cederam finalmente às pressões da Potestade. Concordaram com a majoração das taxas de preservação de Amazonlanda. Afastou-se a possibilidade de guerra imediata. Os grupos de armitropa foram desmobilizados. Como todas as outras, a megalurbe de Sao preparou-se para a grande festa em homenagem à vitória diplomática da Potestade. Foi graciado o tempo de Carneval. Os melhores computadores do Grande Sistema passaram a trabalhar na composição dos hinos e marchas carnevalescas. Ultimou-se a seleção dos funcionários momos. Em número de milhares, cabia a esses sair pelas principais granavenidas, cavalrodes, ajuntamentos e áreas mais movimentadas. Vestidos bufonados trotavam espalhatos em cab-horses também bufonados, ou seguiam por esterolas e trens, aliciando e organizando todos os funcionários para a grande festa. A principal concentração se realizava no Palácio de Cortiça do Balneário Carandiru. No melhor balneário de Sao, lugar histórico de um antigo presídio. O Palácio de Cortiça, glória arquitobra do Grande Sistema, envisado pelos povos do mundo. Sua fachada frontava um belo lago de espumas verdes. Toda a sua forma era constantemente renovada e remodelada. As paredes, tetos e pisos, materiados unicamente de cortiça em diversa consistência, peso, resistência e cor, podiam ser desplaçados, rompidos, furados, reimplaçados por qualquer funcionário livremente. As placas de cortiça movíveis removíveis, mesmo as da estrutura do palácio, davam a participação construtiva e destrutiva de todos. Todos se sentiam aí arquitetos dessa grande obra. Que multiforme, em alteração constante mas com existência permanente. Símbolo pretenso do Grande Sistema. Que flexível e permanente. Flexível por admitir dentro, em legaparte, o Departamento de Contestação. Também representado na preparação dos cenários alegóricos do Palácio de Cortiça. Para aquela festa o Departamento trabalhava um tema extremo nulogusto ao Grande Sistema. Sobre as misérias de ocupação dos protetorados. Concebera o plano um recente ingresso Contaminado. Muito importante, portevalente, antigo herói de armitropa, justo em guerras de ocupação dos protetorados. Principalmente os Cisplatino, Colombino, Peruíno e Argentino. Ruam. Novo influente líder Contaminado. Forçara o Grande Sistema a ceder uma pequena área daquele palácio às vilatividades do Departamento de Contestação. Ali agora preparava a projeção de cenas holografadas. Terríveis visos tridimensos das antigas batalhas de ocupação. Bombardeios de napalmdum, visos sanguinados de pequenitos morrentes. Destruição de moradas, soterramentos, gestos esgares dolorríveis. Mas tudo mixado a cenas e figuras bufonadas, fantasiadas ridentes, em megadores, que era tempo de Carneval. E comemoração. Ruam dirigia seu grupo de feitores Contaminados. Em trabalho intenso outego. Volia castigar o Grande Sistema na medida maior de suas forças. Pois que em curto tempo, desde que volteara a vida para a oposição ao Grande Caminho, talvez sofrera mais punição que Miraia e Mendo juntos. Em seus longanos de vitalidades Contaminadas. As semanas passadas desde sua última saída dos quintandares de purificação lhe transformaram totalmente o viso. Tornara-se quase irreconhecível. Perdera quase todos os cabelos. Os que restavam branquearam de todo naqueles dias. Seus dentes eram outros. Agora de porcelana fraquinada, escumarela. Por punitransplantos. Sua cara agora, macilenta e oleosa, donde saltavam regalolhos vermelhos congestos.

Seus beiços secados brancos. Seu corpo todo um estoque de megadores, em que transformado em só poucos dias! Evitara desde aí o viso de Miraia. Escramava sempre à sua menor proximidade. Vergonhava-lhe o viso. Miraia certo saberia de sua nova situação. O que muito a alegraria. Mas Ruam temia aí que ela podrenojasse o seu viso. E os seus fisitouches. Não queria provotestá-la a esse respeito. Preferia evitá-la, como melhor. Poderia tê-la convocado ao trabalho no Palácio de Cortiça. Não ousara. Ou para outras tarefas por ele desenvolvidas no Departamento. Não arriscara. Preferia deixá-la ao encargo de Mendo. Pelo menos por enquanto. Seu ritmo era de uma intensidade sobre-humana. De trabalho anti-Potestade, mil vezes maior que o de quando seqüente do Grande Caminho. Não podia contar aí com nenhum apoio. Nenhum absoluto senão o do próprio Departamento de Contestação. Ao contrário, sofria as pressões mais dolorríveis boicotantes de todos os demais funcionários. Ninguém ajudaria a miseráveis Contaminados, podrenojos! Fugiam-lhes ao menor contato, levetouche. Ruam suportava em sua equipe de cinco funcionários. Corpunidos, castigados. Aplicados recentes de delatochoques e jusconfessadores. Cansados manquetados, lesos de tanta dor e trabalho. Tão diverso de todos os outros funcionários que agora preparavam as várias áreas do Palácio de Cortiça. Esses fortes saludos enjoyados, com seus visos de novo homem. Purimarronos. Entusiasmados por aquela grande tarefa de comemoração. Preparando seus estandes leves alegres, cantando hinos novos computorados em homenagem à Potestade. Deslocando as placas de cortiça com gestos ritmados, aos sons de pratos acústicos que já lá instalavam. Produzindo formas novas, belas figuras momescas de cortiça. Eram em dezenas de centenas de funcionários. Tinham a dispor os melhores equipamentos do Grande Sistema. Ao contrário do grupo de Ruam que aí só quase contava com as próprias mãos. E demais peças de seus corpos doloridos. Para aquele trabalho inglório insano, silente felinódio. E na expectativa, como pior, da aparição terrível de Goto a qualquer instante. Figura gigante bufonada, perseguidor de Contaminados, que era Goto Chicoteador. Nas festas graciadas de Carneval Goto era a personagem mais apreciada das crianças funcionárias. E de todos, menos suas vítimas Contaminadas. Fantasiado pintoleado vermarelo, com suas enormes botas de ferro. De bico pontiagudo e solas de longos pregos. Trazia sempre um largo chicote incrustado de sininhos barulhentos. Centenas. Brandia seu enorme chicote de aço sempre que ao fazer o gesto destrarmerguido e bradissoar ao tempo: — Salve a Potestade!, com sua voz de trovão. E seu chicotaço de raio atingindo então o Contaminado mais próximo. E o ferindo e sanguenando para a delícia frenética de todos. Destruindo também sua obra mais próxima. Era o que temia Ruam que agora se repetisse. Pois que já tinham passado todos de sua equipe, pelo ataque de Goto. Que quase destruíra por completo sua montagem holográfica no Palácio de Cortiça. Daí o atraso que estavam em relação aos demais estandes. Quase já prontos então, enquanto o dos Contaminados, desfeito, refeito, até a metade. Várias fitas holográficas destruídas. Fora os danos físicos em sua equipe. Um deles, chamado Baldom, sofrera um golpe de chicote que o deixou sem fala. Até agora. Os outros quatro todos sanguenados, escoriados. — Pra que tudo isso, putavida?!? ..., se indagavam esses Contaminados. — Os miseráveis podiam acabar logo com a gente! Não fazem por quê? Por quê?!? ... Eles que pensavam ou diziam ou perguntavam isso a Ruam, ali agora seu líder, dirigindo seus trabalhos no Palácio de Cortiça. Que não podia lhes responder. Difícil explicar. Para os que não tinham transitado em profundidade pelos labirintos precisos e exatos das intenções do Grande Sistema. Tanto como ele tinha. Que entendia, ali como único, os objetivos do Grande Sistema, inspirados pela Potestade. — Por quê?, nem Ruam então para lhes explicar. Que o Grande Sistema se propunha flexível. Ao ponto de aceitar golpes a partir de dentro de si mesmo. Departamento de Contestação. Sentido de arriscar-se a ser fagotado. Mas aceitá-lo, como certo. E mesmo graciá-lo. Mantendo firme suas brechas, rígidas, mas sabendo que perigosamente alargáveis. O Grande Sistema generosamente programava o seu risco. No que justo Ruam pensava naquele momento. Sentindo-se agora como um exemplo desse risco. — Por quê? ... Pra quê? ..., lembrava-se de quando se tormentava em aceitar a existência graciada daquele Departamento. Só no que desafinava com a sábia Potestade, então era seu juízo. Que deveriam todos passar pelas armas heróicas das armitropas. Todos os Contaminados. Menos Miraia, certo! Mas é fato que ela passou por tudo aquilo. Delatochoques, jusconfessadores, dramáquinas de pesadelos e demais castigos dolorríveis. E passava ainda, tanto quanto eles, só que em outro lugar, não ali. Se estivesse talvez também recebesse uma chicotada metálica de Goto. Ficando muda, como Baldom agora. Não queria Ruam dar qualquer resposta a seus companheiros Contaminados. Não cabia ou não a tinha. Pelo menos agora. Nada deveria desviá-los do trabalho. Felinódio, quanto mais que fosse melhor agora. Vontade enorme de destruir o Grande Sistema. Queria dizer vontade de colocar-lhe mesmo alguns pequenos pedregulhos em seu glorioso caminho. Fazê-lo topar. Atrapalhar, sabotar, prejudicar, mesmo atuando em legaparte. Mesmo graciado, permitido, funcionário. Era o meio que havia. Único caminho ou anticaminho. Que precisava ser explorado até o fim, agora mesmo, ainda que debaixo das terríveis porradas de Goto Chicoteador. Esperar e torcer para que ele não voltasse logo. Pelo menos até poderem acabar a montagem. Que muitos haveriam de vê-la durante a Grande Festa. E dentre esses alguns talvez mudassem o seu voliopensar. Tal como ocorrera a Ruam, de repente, nos quintandares de purificação. Baldom já recuperava a fala lentamente. Voltava a controlar suas fraquinadas cordas vocais. Punitransplantos sabe lá de que funcionário fiel à Potestade. Certamente de alguém a quem o Grande Sistema decidira presentear com uma bela voz. Como a que Baldom possuíra antigamente, pelo que sabia Ruam. Após a troca, Baldom ficara com uma vozinha fina tossiturna, de velho centenário. Afinal das contas, os Contaminados eram os melhores abastecedores do precioso banco de órgãos do Grande Sistema. Para não dizer os únicos. Porque havia alguns casos de transplantes sem que por punição. Para não-Contaminados doadores mortos em acidentes. Muito raro. A média de idade entre os funcionários brazileinos ia a mais de oitenta anos. Graças ao estupendos progressos do Grande Sistema no campo da medicina em geral e especialmente na gerontológia. Daí muitos admitirem que o Departamento de Contestação tinha uma só finalidade e era por isso graciado: ser banco de órgãos para transplantes. Mas nunca se ousava aí penetrar nos sábios desígnios da Potestade. Recuperada a fala de Baldom, o trabalho da equipe rendeu mais. Também porque Goto não voltou, laziando a bufonada perseguição. Então Ruam e seu grupo puderam concluir os preparativos dentro do prazo, no dia. No outro já começaria oficialmente a grande festa."

REL. 12:

"Que tarde da noite Ruam despediu-se dos companheiros e voltou para casa arquexausto esbodegado. Precisamente à meia-noite. Momento em que todas as luzes amarelas da megalurbe eram apagadas e acendiam-se as de cor violeta. E em que se ouvia uma voz suave orando a mensagem presonal a todos os funcionários. Recolhidos ou não. Audiodifusão perfeita, através de dispositivos instalados e sincronizados com todas as lâmpadas. As emissões eram regulares durante o dia. Podia haver emissão extraordinária caso o Grande Sistema desejasse transmitir uma importantíssima notícia, antecipando-se às várias edições diárias das novas. Mas isso era muito raro. Quase que somente em tempo de grande crise ou de guerra. O normal eram as emissões regulares e a última do dia era a presonal, no momento exato da iluminação violeta. A voz suave felicitava a todos pela jornada cumprida. Mais um passo. Cada dia lavorado era dito como um firme passo pelo Grande Caminho. Rumo ao glorioso destino da Nação Brazileina. Benditos os sábios desígnios da sábia Potestade. A energia invencível do novo homem. A beleza e a força da gente purimarrona. Saludo altivo ao Grande Sistema. Finalizando com um suave e doce mas firme e retumbante: — Salve a Potestade! Todos os que ainda não dormissem àquela hora deviam repetir a frase, onde quer que estivessem, com o gesto destrarmerguido. Quando Ruam desceu para tomar o metrô os poucos funcionários que esperavam o trem da linha Norte/Sul faziam o gesto. Ruam também o fez laziado nulogusto, como tinha. Pegou então, sonolento, o trem direto daquela linha. Passou pelas dezoito estações. Saltou na dezenove que era a do Ajuntamento Jabakuara. Caminhou poucos minutos e chegou em casa. Aquele ainda era seu lugar, por poucos dias. Não lhe permitiam mais residir naquele batimento qualificado, destinado apenas a grados funcionários de armitropa. Ainda lhe restavam cinco dias para encontrar um lugar de acordo com sua nova situação de Contaminado. Era a perda daquele lugar que Ruam sentia. Ter que deixá-lo com recordações. De coisas cheias de Miraia. Guardadas há muito tempo. Amadas preservadas desde o tempo da desunião. O canapé hexagonal na parte baixa da salestada. Multiplana. Coberta espessa de um tapete branco, passando por todos os planos. Até o mais alto no próprio chão. Sobre jogadas dezenas de almofadas em todas as cores. Do teto dourado pendendo cortinas de fios finos transparentes. Até baixo sobre o canapé. Aí onde havia desenhos labirintos intricados pela superfície. Era um mapa feito a tanto por Miraia. Mapa secreto de suas vidas. O seu tempo e espaço juntados, ali codificados com só decifração deles mesmos. Para outros um eterno secreto. Várias linhas que seguiam os mais sinuosos caminhos. Que se uniam e entrelaçavam. Volviam e continuavam, formando pontos marcados. Que esses pontos eram as datas calendárias de seus encontros verdadeiros. Formados também pelos desvios e recuos mais estranhos das linhas. Marcados e denotados os sentimores. O centro do hexágono continha um estojo precioso. Para Ruam o mais de todos. Que ali dentro inda estava um presente único de Miraia. Ela o tivera presado em algum lugar de montanhas do protetorado Ekuatorino. Presado e empalhado, ali com suas penas alvas, seus olhos fagulhos como de vivo. Era o pássaro Picanieves. Como chamado. Que tinha o hábito de banhar-se em fumaça. Ruam esticou-se e laziou no plano mais baixo, junto ao canapé. Estendeu-se de frente, acolchoado por algumas das várias almofadas coloridas. Destampou o estojo e pegou o Picanieves. Com as duas mãos. Mumificado mas tão vivo. Lembrou do dia em que o ganhara de Miraia. Com um bilhete escrito na caixa: — Te mando amor o que encontrei mais parecido com você. Qualquer coisa que haja, te peço, cuida bem do nosso Picanieves. Que ele só se banha em fumaça mas continua sempre alvo limpo. Ponha-o no centro de nosso mapa. No canapé de seis lados. Miraia. Isso que repetiu na mente, como sempre inteiro decorado. Mesmo agora sonolento. Que seu recordo vigiliava como sempre. Quando sobre Miraia, a qualquer respeito. E a qualquer hora, sempre benegusto. Usava pegar o Picanieves quase todas as noites. Mirá-lo assim em recordo devaneio, estendido na salestada. Assim como estava agora e então o sono o sonho e o recordo se mixavam. Em cenas antigas existidas com Miraia. Também com Alvez, como agora."

REL. 13:

"Que os três juntos trotavam em passo-ritmo acelerado. Aproximavam-se de um dos portais de entrada do bairro Jabakuara. Ruam acabara de ser graciado com nova morada. No bairro residência dos grados de armitropa. Um dos primeiros em Sao a ser totalmente climatizado. Cobria-o uma enorme cúpula geodésica de resina transparente, poliacrilada. O controle climático da área total, tanto no interior dos batimentos quanto no exterior, nos parques e jardins. Ruam levava Miraia e o querido jovem para mostrar-lhes seu novo lugar. Que os três sempre viveram juntos até a morte do primito. Depois só Ruam e Miraia, até a desunião. Era uma quente manhã de agosto, o Temperômetro Setorial do Ajuntamento marcava quarenta e dois graus. Haviam há pouco jogado o fotebol das dez horas. Numa praça plastigramada a uns dois blocos do portal. Endegamado o jogo, sorveram sudorados seus tubos de guar. E trotando em passo-ritmo atravessaram o portal. Aí Miraia e Alvez estoparam subitamente e levaram seus visos para o alto. Visaram deslumbrados a grande cúpula. Por sobre ela passavam nítidas as nuvens que se moviam laziadas. Sob um fundo de céu muito azul cobriam lindas e descobriam os raios do sol.

— É perfeita!, disse aí Alvez. — Nos protege mas não nos rouba as cores exatas!, disse Miraia extasiada. Ao que Ruam orgulhou mais que nunca em sua vida. Por aquela magnífica arquitobra do Grande Sistema. Por ter sido próprio graciado com uma morada naquele bairro. E mais que tudo, poder oferecê-la aos dois amados seratráteis. Miraia e Alvez. Que agora os três sentiam e iriam sentir sempre em seu bairro residência aqueles constantes dezoito graus, em ar puro ionizado. — Já podemos mudar para cá, amor? , perguntou ansiosa Miraia enquanto retomavam o passo-ritmo em direção da morada.

— Dentro de no máximo uns cinco dias! Preciso acertar uns pequenos detalhes de transferência com o comitado de habitação, respondeu Ruam enquanto prendia-lhe a mão e a acariciava seguindo passojunto. Dali a pouco chegaram a um batimento esteloforme, tribranchado. Sobre ele elevava-se, a uns duzentos metros do solo, uma plataforma composta de três hexágonos, sustentada por três pilares circulares. Os pilares continham os elevadores do batimento. E sobre essa plataforma havia três plainoportos. Mais uma vez Miraia e Alvez estoparam e levaram seus visos para o alto. Contemplaram o belo batimento. — Chegamos!, bradou Ruam ao puxá-los rápido para dentro. Pelo elevador da frente subiram até a morada, no penúltimo andar. Entraram direto na salestada. Miraia e Alvez agora aí inda mais deslumbrados. Após um viso atento por todo o ambiente, os olhos de Miraia fixaram o ponto central da salestada. Seus lábios fechados fizeram então aqueles movimentos de ziguezague. Nela típicos. Entreabrindo-se aos poucos. Sem falar. E a retenção maxilábica e de queixo. Esticando-se em leve sorriso. Enquanto os olhos encantados pareciam rebocar seu corpo todo na direção do móvel no centro da salestada. O canapé de seis lados. Então seu corpo todo moveu-se descendo todos os planos, até o mais baixo. Ali sentou-se lotusposturada, bem junto e defronte a um dos lados do móvel. Lenta e firme pousou as duas mãos espalmadas sobre a superfície do canapé. Palmas premidas com os dedos abertos e esticados. E sem desviar os olhos do centro do móvel disse a Ruam: — Eu farei aqui em cima nosso mapa. E no centro quero que você cave um buraco pra fazer um nosso estojo. Ruam ainda não sabia do Picanieves. Mas Miraia já o presara. Que seria ele o objeto mais amado de sua vida. Amado preservado. Que todos os outros objetos, utensílios, instrumentos eram descartáveis. Por princípio do Grande Sistema. Ruam sempre soubera que a guarda estimada de algum objeto não era bem vista. Sempre evitara mostrar o seu Picanieves a companheiros de armitropa. Principalmente a traiçoeiros mafedentes, como o caso de Carliós. Para o Grande Sistema, todos os bens adquiridos deviam ser necessários. Daí o processo de reclame codificado das novas. Os bens desnecessários só poderiam servir às retardas nações protetoradas. Ansiosas primitivas, consumidoras de qualquer coisa. Mesmo necessários, os bens de um novo homem brazileino deveriam ser sempre descartáveis. Necessários seriam mas somente por curto espaço de tempo. Por isso que sob cada morada da megalurbe havia um poço incinerador. Uma fogueira perene em que deviam se queimar todos os produtos usados. Por seu tempo de duração programado conveniente. Essas fogueiras fumaçavam um tanto, em todos os lugares habitados. Ali também na morada de Ruam. Se fosse vivo e não empalhado, o Picanieves bem que poderia ter aí seu banho diário! Foi o que pensou Ruam na última imagem de seu recordo. Quando estendido debruçado, repostou o pássaro no estojo e caiu em sono profundo, ali mesmo na salestada. Mesmo sem trocar sua roupa polimerada, usada naquele dia intenso, lavorado."

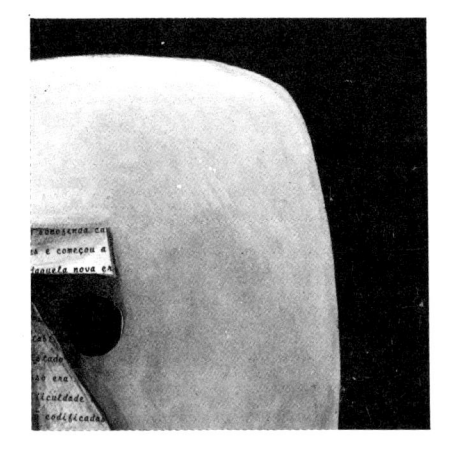

REL. 14:

"Que logo no outro, cedo depois, seria despertado pela mensagem de seu micromputador. Como foi. Outeputada em voz similumana, emitida às seis da manhã. Os micromputadores dos funcionários brazileinos eram distribuídos pelo Grande Sistema. Energizados autônomos por células combustíveis, também assim distribuídas. Com velocidades de computação de um décimo de nanossegundos. Lógicas e memórias miniaturadas ao tamanho de uma moeda, igual distribuídas. Cada funcionário recebia esses componentes de hardware, para reposição, em postos especiais de distribuição. Programadas rotinadas para o trabalho específico de cada funcionário. Aqueles do Departamento de Contestação, como o caso de Ruam, recebiam as duas pecinhas para orientação de suas vilatividades. Contaminadas. Desde que saiu dos quintandares de purificação, e assim ficou Contaminado, Ruam passou a recebê-las também. Para pluguiná-las em seu micromputador. Nele imputava todas as informações sobre atuais atividades Contaminadas. E outeputava a mensagem falada, a instruir suas ações. Como a de agora, no Palácio de Cortiça. Seis e quinze da manhã, já ouvido o plano inteiro da jornada. Trabalho a cumprir durante a grande festa. Direção dos companheiros naquele estande. Com já tudo montado, só faltando acompanhar as projeções. Com Baldom já se comunicando com os outros equipados. Baldom tossiturno. Os outros também fraquinados por punições e transplantos. E as projeções de visos terríveis trimensos, holografados. Ataque felinódio à Potestade. O micromputador de Ruam em quinze minutos transmitiu os principais rumos daquele seu dia, que iniciava. No tempo de grande festa, o Carneval graciado. Resistir às atacadas de Goto Chicoteador. Porradas dolorríveis, de um grande robô com feed-back sensório. Como o caso de Goto, não-humano. Mas uma máquina de perseguição mecânica e sensível. Ruam escramou então de seu lugar. Desceu rápido por um dos elevadores do prédio tribranchado. E partiu fasto ao Palácio de Cortiça, onde seus companheiros já o aguardavam, como tinham, aquela área do Palácio destinada a sua manifestação. Todo o Palácio já invadido àquela hora pelas primeiras multidões de funcionários. Pancadavam os pratos metálicos e uma infinidade de tambores, de todos os timbres e tamanhos. Milhares e milhares que magotavam o Balneário. Aos sons bradissoados, mascarados e pintados de todas as cores. Mas principalmente vermarelos. Em homenagem à grande vitória da Potestade. Invadindo o Palácio, iam logo desmontando e remontando suas partes. Arquitobra. Abertura generosa do Grande Sistema. Criação coletiva para todos os fiéis funcionários. Entoando em gargangritos os novos lindos hinos, deslocavam as placas de cortiça. E assim faziam formas novas. Abertura ao espírito da gente purimarrona. Que ali não percebia seus movimentos todos já programados, nos mínimos gestos. Previamente pelo Grande Sistema. Sentiam-se assim em enorme louca liberdade. Como mesmo. Mas os deslocamentos das placas eram minuciosamente previstos. A estrutura do Palácio se auto-recompunha sempre, em segurança. Com forças e pesos balanceados, daí que jamais poderia ruir. O que poucos sabiam. Fora ali Ruam, exgrado de armitropa. E que assim reconhecia os meandros truques do Grande Sistema. Como esse da aparente obraberta. Antes de atingir seu estande Ruam visou Mendo. Viso de relance, chispado, que rápido sumiu. Procurou revê-lo, vasculhou, reviu, perdeu, misturado ao magote de funcionários. Ali virados multidão, já grande e mais crescente àquela hora. Como aumentavam os alaridos gargangritos dos hinos e tambores. Vasculhou de novo excitado, outego, que não era bem Mendo que buscava. Certo, rápido já sabia. Buscava Miraia. Meio transtornado, de repente. Quando sentiu que queria encontrá-la, visá-la, vontade forte cordicrashe, mas sem ser visto por ela. Também isso importante, muito importante, louco medo! Que não podia mostrar-se assim, aspecto dolorrível. Quase sem cabelos, macilento, dentes outros de porcelana fraquinada. Imagem asquerosa dos terríveis punitransplantos. Mendo ressurgiu e Ruam agora pôde fixá-lo e segurar-lhe o viso. O vulto corpalto é esguio, de longos cabelos pretos. Andarrastante. Que já estava dentro do estande Contaminado. Falando com os companheiros equipados, movimentando-se junto. Esperava o início das projeções holográficas. Num instante Ruam juntou-se a eles. Todos aflitos o aguardavam, à frente Baldom: Esperavam suas ordens. Ruam os abraçou, postado no meio. Sentiu então mais forte a importância de tudo aquilo, seu trabalho. Senhor daquela pequena ilha de contestação, condutor do pequeno grupo. De cuja ação poderia surgir alguma ruptura no Grande Sistema. Sempre uma ferrada em seu prestígio, por menor que fosse. Sempre uma ferrada, uma ferida, uma possibilidade. Que importava, valia a tentativa. Voliopensou: Se não ele, quem? ... Se não agora, quando? ... Se não assim, como? ... Invadiu-se de poder, como real. E confiou. Na possibilidade de ruptura. Mesmo alguma, levetouche. Precisava ser ele, como os seus esperavam. E agora, ali na arquitobra do Balneário. E assim, como força entusiasmada, felinódio fuzilódio contra a Potestade. Por todas as outras áreas do Palácio os funcionários mostravam as últimas maravilhas do Grande Sistema. Invenções de máquinas, instrumentos, brinquedos e jogos deslumbrantes, oferecidos gratos à participação de todos os funcionários. Os maravilhosos bancos de idéias e os de informes, dos quais qualquer fiel funcionário poderia ser participante. Como contacorrentista, benegusto. Para o que bastava depositar uma boa quantidade de idéias, ou de informes destinados ao aprimoramento do Grande Caminho ou descobridores de novos qualificativos enaltecedores da Potestade. Ou do Grande Sistema. Formando assim um bom saldo médio nesses bancos, o fiel funcionário poderia sacar dele uma grande idéia ou um grande informe, financiados a longo prazo e a juros módicos. Amortizados em valores da mesma espécie. Idéias ou informes, conforme o banco sacado. Ou por algumas dezenas de crediselos. Os últimos modelos de transporte do Grande Sistema. Veículos individuais movidos a células combustíveis, senrodados e sentrilhados, direcionados por controle remoto. A partir de uma grancentral de trânsito. Onde o Grande Sistema programava o melhor destino dos funcionários passageiros. Carros que acimavam poucos metros do solo da megalurbe. Em outros estandes mostravam-se as últimas descobertas da engenharia plástica do Grande Sistema. Objetos múltiplos novomateriados. Tecidos novos nitrilados, com padrões de desenhos luminosos, nas cores mais lindas e em tramas e matizes inimagináveis. Em outros estandes, eram demonstrados os recentes processos de obtenção de energia, por fusão controlada. Apresentados os processos em todos os detalhes. A explosão de cencelos de lítio deuteride por meio de raios laser. Todas essas demonstrações se faziam com uma alegria bufonada, de carneval. Pelos estandes explodiam os sons vozerios dos cantos, hinos, gargangritos ritmados por tambores tímpanos e pratos metálicos. E também pelas tubas sopradas em meio às palhaçadas, jogos bufonados. E pelas fantasias, as mais extravagantes malegusto, alegres, carnevalescas, de todos os funcionários presentes. E dos que chegavam e iam magotando o ambiente, cada vez mais. Que aquele ambiente era o principal da festa homenagem à Potestade, vitoriosa. Reassumindo agora o seu grupo vilativo Ruam topou com o enorme trabalho. Em vista dos outros, seu estande era o mais pobre, pior equipado. Desapoiado mais que todos, prejudicado. Sua mostra só consistia na projeção de velhas fitas holografadas, com o tema da ocupação dos Protetorados. Maledades cometidas pelo Grande Sistema, cenas de tortura, massacres de outros povos. Dispunha de um velho obsoleto projetor laser. De mais de vinte anos. Suas imagens tridimensas distavam muito das novas técnicas de holografia, usadas perfeitas nas campanhas publicitárias do Grande Sistema. Que misturava, como podia, funcionários reais e irreais, os holografados. Transformados em enormes exércitos, maravilhosos, de gente inexistente. Técnica já usada em antigas guerras. Mas apesar dos meios fraquinados, pobres, Ruam não se dispunha a laziar o trabalho. Talvez inglório, tal que fosse. Dizia e repetia inego, sempre o mesmo lema, nem que só para si próprio. Se não ele, quem? ... Se não agora, quando? ... Se não assim, como? ... O que ali o comandava. Assumia sua meta, apesar de tudo, ali forte cordicrashe. Não queria capitular ante a força, mostrada maior. Seguiria seu caminho. Ou anticaminho, como o mais certo. Não voltaria para trás. Para trás daquele momento sentido nos quintandares de purificação. Continuaria, lutaria. Como dever, como escolha, ainda que muito sofrida, benegusto. Ruam ajeitou uns últimos detalhes decorativos do estande. Painéis, focos de iluminação, assentos bundessacos, limpeza, postura certa de todos os equipados, ali agora recepcionistas. Ele também, mestreando e servindo aos esperados visitantes. Mas esses passavam alvoroçados na direção dos outros estandes, tão mais atraentes e alegres, luminosos. Passavam com rápido viso por aquele pobre estande e em desviolho de desprezo continuavam para os outros. Alguns funcionários grupados em blocos carnevalescos, espalhafatos, rosnavam agressivos ante o viso dos Contaminados. Provocavam, ameaçavam depredar, recuavam pela placa cimada ao estande ali escrita: Departamento de Contestação. Sabiam-no graciado e tinham que respeitá-lo. Como mesmo. Era a segurança que o Grande Sistema distribuía a seus próprios contestadores. Várias horas se passavam enquanto maior era o entusiasmo da festa. E nenhum funcionário visitante ainda dentro do estande de Ruam. As projeções tridimensas seguiam contínuas. Repetindo-se, que eram poucas as fitas conseguidas. Vez ou outra um funcionário espiolava um tanto, curioso, para dentro do estande. Espichava o viso, procurando ver sem entrar. Quando era então abordado gentilmente por um dos recepcionistas. Mas aí logo se esquivava, com ar nulogusto e de desprezo. O robô Goto também passerenava junto ao estande. Brandia gestos terríveis, ameaçadores, longos berros tonagressivos. Contra os ali Contaminados, para mantê-los em sempre susto, preocupados, defensos. Mas Goto não cumpria então as ameaças bufonadas. Deixava de chicoteá-los. E continuava sua marcha e dança espalhafata, seguido das ridentes crianças funcionárias. Agora mais excitadas que nunca, já em plena festa fanfarra. Esses pequenos, de vozes finas, acompanhavam os cantos dos adultos. E os imitavam nas danças e brincadeiras de carnaval. Enquanto Ruam e seus companheiros quedavam sem serviço e sem visitas, à entrada do estande, esperando ansiosos a sorte de um primeiro interessado. De um curioso corajoso. Que era preciso muita coragem para se aproximar de um Contaminado, sem ser um deles. Pois os tentáculos policiais do Grande Sistema estavam sempre muito atentos aos passos de todos os curiosos. Entrou um primeiro visitante. Aproximou-se do local do estande onde se movimentavam as figuras hologramas. Fazendo a guerra, que fora uma dos Protetorados. A do Colombino, das mais resistentes, sanguenadas. Pequenitos morrentes esmagados pelas botas dos funcionários brazileinos. De armitropa, gloriosos. Mulheres colombinas violadas, bundencoxadas nuas, culadas e chupadas ante o viso de seus pequenitos. Lutadores colombinos despelados por afiadas navalhas que cimavam as baionetas. Ou injetados de líquido dumdum, explodidos depois, com suas partes espalhadas sobre as árvores, pelos pântanos, pelos tetos das moradas e seus quintais. Viu os letreiros que cintilavam frases de ataque ao Grande Sistema e à Potestade. Tais como: "Somos os opressores dos povos irmanos". "O Grande Sistema é o cemitério Podrenojo da nossa liberdade." "Nossa riqueza é maledita a todos os seres do mundo." "A Potestade nos levará ao desastre final." "O Grande Caminho é a rode dos desonestos." Meio estonteado o funcionário visitante aí resrungou a princípio baixo, quase em sussurro: — Isso não é verdade. Abanando a cabeça: — Não acredito. Abanando mais forte, altibradando de repente: — Não é verdade! Não acredito! Voltando-se tonagressivo para os equipados: — Isso tudo vocês montaram para nos impressionar! Vocês são uns miseráveis Contaminados! Traidores!!! E aí escramou chispado e gritando até fora do estande: — É mentira!!!... É mentira!!! Não acredito!!!... Sumindo entre o magote que já tomava todos os corredores do Palácio de Cortiça. Entre os estandes e quedados em muitos deles, dançando vibrados, ou mergulhando no lago de espumas verdes, aqualoucos, à entrada do Palácio. No estande Contaminado então Ruam falou aos companheiros, quedados com ar um tanto de desânimo: — Não vamos nos preocupar com esse tipo de reação, amigos! É previsto. Até melhor, isso prova que há impacto. Eles ainda não estão preparados para o que vamos mostrar... Pelo menos foi um que entrou... o primeiro... Mendo e Baldom aí sorriram leves, confiantes. E o ânimo um tanto afastado voltou para os demais da equipe."

REL. 15:

"Que visaram logo alguém à entrada do estande, novamente. Ruam de costas, ainda não vendo a figura empedada. Vendo apenas o sorriso refletido em seus companheiros, o que denunciava um viso benegusto. Ruam voltou-se rápido e arrepiou cordicrashe. Alguém ali postado usava uma máscara terrivelmente familiar. A de um pássaro de penas alvas limpas e olhos fagulhos, como de vivo. Que o fitava e sorria, mas com lábios abaixo fechados, em movimentos de ziguezague. Sim, era a imagem perfeita! Do seu Picanieves. Ruam estatou ante o viso. Tentou mover-se em sua direção, não conseguiu O máximo que pôde foi o gesto de seu braço, esticando lentamente... para apontar tremido aquela imagem. Ao mesmo tempo em que ela se desmascarava, tirada fora a cabeça do pássaro... e surgindo o rosto, aquele rosto amado de Miraia. Aproximaram-se lento um do outro. Pararam e se fixaram. Miraia aí falou sorrindo: — Como você virou feio, Ruam! Ruam senjeitou e rubrou, tentou dizer algo, não saiu. Passou a mão pela calva própria, oleosa, lembrou do aspecto dolorrível. De dentes de porcelana, fraquinados. Fez menção de virar meia volta e escramar. Mas Miraia o segurou forte pelo braço e o puxou para junto, colado a seu peito, e o beijou na boca. Os lábios tocados leve, e então Ruam a abraçou fortemente e tentou afundar-se de rosto inteiro em sua boca, faces, pescoço, descendo ao rego de seus peitos. Mas Miraia o afastou terna, com sempre aquele sorriso em ziguezague. Passou doce levetouche a ponta dos dedos sobre os olhos de Ruam que já então lagrimavam. Vontade enorme que Ruam aí sentiu de chorar, chorar bradissoado, berrado como um pequenito, de tanto sofrido recentemente. E tresnoitado. A mão doce de Miraia descia carinhando seu rosto e chegava até seus lábios. E os fechava, como que pra dizer que não precisava contar nada. Ela já sabia de tudo e entendia. Abraçados pela cintura os dois vieram até o centro do estande, juntando-se aos outros equipados. — Bem-vinda companheira!, apressou-se Mendo em puxar Miraia e mostrar entusiasmado os trabalhos no estande. Os demais a receberam ali, enorme benegusto, que de há muito a admiravam e esperavam. Então quatro novos visitantes já tinham entrado e examinavam atentos todos os detalhes do estande. Viam o movimento tridimenso daqueles antigos hologramas. Perturbavam-se visivelmente. Mas seguiam contidos. Até que um deles saiu lento para a entrada do estande. Aí virou-se para dentro e súbito gritou: — Abaixo a Potestade!!!... E escramou em seguida para fora, perdendo-se pelos corredores magotados. Entravam depois mais três visitantes. Depois mais cinco, mais dez, e com o tempo o estande Contaminado tornava-se o mais freqüentado do Palácio. Miraia logo se juntou ao trabalho dos companheiros, com agora o intenso movimento de atendimento. Certa hora Miraia puxou Ruam para um canto, dizendo meio segredada: — Tem coisa muito importante que está acontecendo. Acho que daqui a pouco já vai explodir. — Que coisa?, perguntou Ruam alegre. Que àquela altura já lhe tinham acontecido coisas incrivelmente importantes. O reencontro de Miraia. O sucesso de seu estande. — ...Que coisa?... — Espere um pouco. Se não estou enganada já deve sair na próxima nova. Ou comunicado pelos falantes. — Como é que você sabe?, intrigou aí Ruam. Como ela poderia saber de algo que ele ainda não sabia? Como líder Contaminado não deveria ter ele as vetefitas mais recentes do Departamento? De programação para seu micromputador? Relativa a vilatividades? — Meu querido..., disse Miraia ao tocar-lhe o dedo na ponta do nariz, — Você sempre está atrasado!..., pausou enquanto estendia o viso pelo estande, com expressão que espichava e se dirigia para fora, referida a todo o ambiente do Palácio de Cortiça, do Carneval, da festa graciada... — .Isto tudo aqui não tem mais sentido!... Nenhum sentido!..., pausou de novo e continuou: — A Potestade já perdeu há muito tempo!... Nós lutamos esse tempo todo contra uma palha. O Grande Sistema nunca existiu! Os Conglomerados é que dominam e dirigem o mundo. Somos apenas experimentos deles. Agimos todos como as antigas personagens de opereta. Com ponto marcado. Todos. Grande Sistema, Potestade, armitropa, Departamento de Contestação, ... — Como??? ... Como??? ... O que... que você está dizendo???..., Ruam tonteou e sua fala aí só saía interjeitada. Não conseguia verbar o pensamento nessa conversa com Miraia. Que lhe parecia agora louca, de todo, ditas coisas sem nexo... Mas que desestruturavam o seu voliopensar, lhe davam um piripaque na cabeça. — Você vai logo ver!..., disse Miraia. E Ruam logo viu. Tudo começou com um alarido vozerio diferente, àquela altura. De repente cessaram os cantos e os hinos da festa. Os sons gargangritos de carnaval. O pancadar dos tímpanos atabaques. Zunzunava um vozerio indefinido dos funcionários. Que ia aumentando cada vez mais. Um ou outro grito lancinante isolado. E as correrias, atropelos e quedas pelos corredores. Os funcionários que trabalhavam nas variáreas, todos saídos em corrida. Ruam percebeu que num relance já estava só com Miraia em seu estande. Os demais Contaminados também corridos para os corredores. Algazarra completa àquela altura. A estrutura flexível do Palácio de Cortiça, pela primeira vez, parecia tremida e abalada. Ruam e Miraia viram Baldom que voltou ao estande, excitado, sudorado e ofegante, portando uma nova. Procurou lê-la. Alto para os dois, seus líderes, mas de sua voz tossiturna e fraquinada só saía um gaguejo. — Vo... cês... viram??... Vo... cês... viram??? ... A Potestade... a Potes... Potest... Potest... Ruam arrancou-lhe a nova das mãos quando aí viu a manchete enorme, tomando a capa inteira d' O Estado de Sao. "Renúncia da Potestade. A Nação Brazileina está perplexa antes os últimos acontecimentos que culminaram com a renúncia da Potestade. Nada se sabe concreto sobre as razões do fato. Apurou-se apenas, junto a altos escalões do Grande Sistema, que a renúncia deve-se a pressões de forças ocultadas. Talvez ligadas a alguns dos Conglomerados Continentais. Assumiu o poder dirigente a Junta Dos Gransecretários De Armitropa." Do lado direito da nova os códigos cifrados, como sempre. Num gesto quase automático Ruam puxou do bolso seu manual de implicações e começou a confrontá-lo. Ao que Miraia, suave e firme, arrancou-lhe o minilivro das mãos, rasgou as páginas e aleluiou os pedaços, esparramados para cima, jogados bem alto. — Você não vai mais usá-lo, amor, disse-lhe Miraia terna e tranqüila. Enquanto os olhos de Ruam acompanhavam a descida volada dos pedaços de papel. Antes contidos do significado cotidiano de sua vida. Sua vida inteira, todos os seus passos, mesmo já Contaminado. As notícias que implicavam seu destino, de uma forma ou de outra, sempre estiveram ali explicadas. Habituara-se à consulta. Quase que automática. Agora visava os picados variformes que aterrissavam no piso do estande. Pedaços rompidos e espalhados de seu significado. Ruam aí malestou, que todas as coisas pareciam rudemente confusas. Apenas clara e segura a presença de Miraia. Sentiu que tinha de apoiar-se nela, referência forte e tranqüila para um pequenito. Com medo do piripaque. Queria esconder-se no seu rego, sumir-se dentro, esperar encolhido o barulho que viria. Como já vinha, como veio, confuso aumentado, por todo o Palácio de Cortiça. A entrada do estande, um grupo amontoado brandia pancadas terríveis que ressoavam, metálicas. Miraia puxou Ruam até ali. E os dois viram a cena. Os companheiros equipados, Mendo, Baldom e outros Contaminados, e mais uma multidão, linchavam todos Goto Chicoteador. Armados de grandes pedaços de ferro, de paus, de correntes e do próprio chicote do robô, amassavam-lhe as partes, arrancavam seus membros, espichavam a mola enorme de seu pescoço. Batiam, chutavam, pisavam, massacravam com fúria raivosa a grande figura bufonada. Com feed-back sensório. Goto se despedaçava num chiado eco de estática. Que sobrepunha o barulho já insuportável de todo o Palácio. Das corridas, gargangritos, pânico tumultuado, dilaceramento das placas de cortiça, abalo da arquitobra que começava a ruir. Sem bem se perceber Ruam já estava correndo, conduzido puxado por Miraia, pelos corredores. Sem bem ouvir os falantes que agora transmitiam uma mensagem da Junta Dos Gransecretários De Armitropa. Em voz calma e pedindo calma a todos os funcionários, mas em tom estranhamente displicente. Logo depois já mergulhado no lago de espumas verdes, na água morna, boiando com Miraia, unido a sua mão. E visando fora o Palácio que despencava. A glória arquitobra do Grande Sistema. — Que nunca existiu!... Que nunca existiu!!!..., como Ruam lembrava ou ouvia de novo essa frase de Miraia. Entrada fundo no seu voliopensar. Ouvida antes, repetida, ou só agora, nova. Confuso, sem bem saber. Boiava e nadava. E visava atrás a maravilha de cortiça incendiada. O colosso de palha se desmanchando no fogo."

3.

**Relatos da Unidade de Computação G-417/103
Tema:** *Adaptação do Funcionário Ruam M.I. Série J.415/21/SK-8*

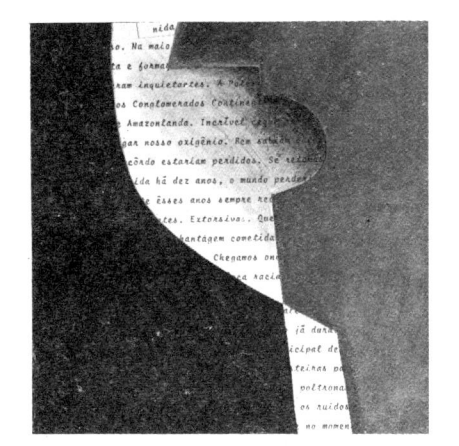

REL. 16:

"Que Ruam e Miraia seguiam juntos pelas esterolas da Paulista, na direção do Granorquidário Paraizo. Juntos, tranqüilos, displicentes. Agora unidos. Sentados com muito conforto, sorvendo seus tubos de guar. Eram quase cinco da tarde. Mas sabiam que não seriam interrompidos pelos apitores dos bolíderes. O fotebol das cinco fora abolido. Tanto o das dez. Por decreto da Junta Dos Gransecretários. Os plastigramados por que passavam jaziam abandonados. Ou aproveitados por alguns grupos de pequenitos. Não organizados, juerando. Também displicentes. Como parecia tudo naquela nova ordem, desde a renúncia da Potestade. Liberdade e displicência de todos. Os aparelhos funcionavam ou não. Alguns bem conservados, outros ruinados. Sem muita importância. As coisas agora pareciam seguir não programadas. Os caminhos escolhidos dentre os possíveis, de modo arbitrário. Tanto fazia tudo. Os dois transitavam numa tarde de bom tempo. Sem quente nem frio. Morna agradável. Sorviam seus tubos de guar. Bebida gasourada que assim permanecia como a oficial brazileina. De uma planta de Amazonlanda, antiga chamada guaraná. Miraia examinava e rabiscava uma folha de papel luminado. Que ela pusera sobre a mesinha da esterola, onde juntos seguiam. Ruam a observava calado. Ela passava as pontas dos seus dedos sobre aqueles desenhos labirintos intricados. Pela superfície do papel, seus dedos roçavam doce, levetouche. Seguindo as várias linhas pelos sinuosos caminhos desenhados. As linhas que se uniam e entrelaçavam. Volviam e continuavam, formando pontos marcados. Com seus desvios e recuos estranhos. O mapa. Secreto de suas vidas, seu tempo e espaço juntados, ali codificados, com só decifração deles mesmos. Deles? ... Dos dois?!? ... Ruam num momento pensou que não. Ali visando Miraia, concentrada, rabiscando alguns pontos e novas linhas no papel luminado. Talvez somente Miraia captasse todas aquelas cifras. Ao ver o mapa agora, Ruam dificultava em percorrê-lo, lúcido. Podia entendê-lo numa só semiconsciência. Nunca absorvê-lo total, compreendê-lo, manipulá-lo, como fazia Miraia. O seu tempo e espaço juntados... Quando juntados? ... Como juntos? ... Desde quando? ... Ruam lembrava que fora no estande do Palácio de Cortiça. Da última vez. Na máscara do Picanieves. Definitivo? ... Da última? ... Nem antes... ? ... Sem depois... ? ... Seguiam pelas esterolas já próximos do Granorquidário Paraizo. Fora a idéia descer naquela estação. E visitar as orquídeas gigantes, como há tanto antes, os dois juntos. Mas Ruam já via que iam ultrapassá-la. Como foi. Seguindo na direção sul sobre as esteiras. Miraia anotando uns riscos no mapa e Ruam a visando, fixado. Os dois sem falar. Em volta os transeuntes laziados, displicentes, ninguém obedecendo a nenhuma tabela de passo-ritmo. Essas tabelas, antes luminadas, agora apagadas, luzofe, invisíveis. Inexistentes, abolidas, como várias outras práticas do antigo Grande Sistema. Agora abolido e inexistente. Como Ruam aí lucidou, de relance, toda a situação em que estava. A nova situação da Nação Brazileina. Os Conglomerados desmontaram o Grande Sistema. Por dezenas de anos haviam mantido a Potestade na ilusão do próprio poder. Dominando as nações vizinhas, transformadas em protetorados. Os Conglomerados esse todo tempo pagaram a absurda plusvalida taxa de preservação de Amazonlanda. Com fim único de salvar aquelas áreas verdes para o mundo. Geradores de oxigênio, um quarto do globo verde, essencial para toda a espécie humana. Mas que os Conglomerados acabaram se irritando com os aumentos extorsivos das taxas, exigidos pela intransigente pretensa Potestade Brazileina. E decidiram tratá-la igual que as outras, das nações underolhadas, espalhadas pelo mundo, primitivas. Como a potestade indonésia, a centrafricana, a australiana, a insular pacífica, a islamédia oriental, a iberiana, a centramericana, etc., ... todas aquelas nações de povo retardo, faminto e andrajoso, mas muito pretensas, não grupadas aos Conglomerados. E assim mantedoras de "grandes sistemas" totários, dominadoras belicosas de "protetorados vizinhos". Então desmontaram rápido o grande sistema brazileino e forçaram a renúncia da Potestade. O governo ficou exercido pelos Gransecretários de Armitropa. Figuras titeradas dos Conglomerados. Dentre elas um computador último gerado, barra enésima. Programado perfeito para direção de nações latinaméricas. O Priministro Cibernético, agora nosso principal condutor. Que graciou as primeiras medidas de governo, distensivas, de afrouxamento. O comportamento dos funcionários agora programado para uma absorção lenta. Do sentido de liberdade, há tanto tempo perdido, desconhecido. Há muitas gerações de brazileinos. Com o desconhecido era tudo que havia por dentro dos Conglomerados, o mundo aberto. O grande sistema brazileino havia censurado toda a informação sobre aquele mundo. Indo mais além, impondo a imagem inimiga e primitiva dos estranjos Conglomerados. Só aos poucos, bem aos poucos, agora os brazileinos iam percebendo, descobrindo e entendendo, o que por dentro do mundo aberto. Aberto e pacífico, talvez por centenas de anos mais evoluído. Onde as conquistas científicas e o tecnoprogresso, ao cúmulo enésimo atingido, arquexponencial, nada mais motivava. Ou entusiasmava seu povo. Que pelo contrário, os desprezava. Usando-os no mínimo. Fugindo o máximo dos bens, utensílios, instrumentos e aparelhos. Do consumo dos produtos. De todas as coisas materiadas que os outasse da vida simples. Pura simples, verdadeira. Também lá que se desprezava o poder, de todo, cordicrashe. Tanto a política, mesmo o governo, eram feitos por classe inferior de cidadãos. Considerados de vibração baixa, sem tradição. De pouco prestígio social. Esses elementos lowibratos, governantes, tecnocratas, eram os que se preocupavam modelar o comportamento das nações atrasadas do mundo. Por experiência, lúdicos, programavam os regimes totários dos povos primitivos. Eram os responsáveis pela criação dos "grandes sistemas" e das "potestades". Os quais não suspeitavam serem fruto de uma programação bufonada. Por dezenas e dezenas de anos. De um modelo externo, inventado pelos lowibratos. Talvez para sua autojueração. Razão maior de desprezo para os demais habitantes dos Conglomerados. Que não aprovavam tais experiências. Isso tudo agora ia sendo entendido. Só que muito aos poucos, com grande preparo. Os Gransecretários de Armitropa, ducorados pelo Priministro, só bem lento descobriam o véu para os funcionários brazileinos. Para que o choque não fosse muito grande. Daí que se estranhava a nova ordem, por sua displicência. Do tanto fazia tudo. Parecida desorganizada, um tanto caótica. Mas que evitava assim um piripaque geral. Os transeuntes transitando meio a esmo, pouco apressados, vestindo ou não seus uniformes, portando ou não seus capacetes, tanto fazia. Os sinais de trânsito luminados ou luzofe, tanto fazia. Era o que Ruam visava em redor. Miraia ainda rabiscando no mapa, os dois ainda calados. Ruam ali voliopensando, sem deixar de concordar com essa orientação dos Gransecretários. De começar por condicionar toda a população na displicência. Abolir as consultas aos manuais de implicações e aos micromputadores. Era o ensino gradativo de liberdade. Em doses módicas, como necessário. Lembrava Ruam que alguns não resistiram à mudança. Como o caso de Carliós que teve piripaque, se matando choqueado ainda na festa de carneval. Ao saber da renúncia da Potestade, durante o incêndio do Palácio de Cortiça. Talvez porque achasse que esse seu ato seria louvado pelo Grande Sistema. Que ele não sabia também acabado. Pior, nunca existido de verdade."

REL. 17:

"Que Miraia parou de rabiscar. Esticou os braços para o alto, espreguiçando laziada. — Já acabou?, perguntou Ruam com sorriso calmo, carinhando. — Não amor. Isso não vai acabar logo... assim... Só quando não tiver nem um pedacito do papel branco. Quando ele já estiver todo fullado... — E aí o que acontece?... — E aí?... Você vai ver quando chegar lá..., disse Miraia misteriosa, com olhar distanciado. As esterolas passavam agora por Ibirapoera. Por entre os batimentos gardenpensos. Agora com outros nomes. Aquele maior, da piscina totandar, agora chamado Arcanjos. O vizinho, segundo da antiga Grancentral Militar, agora chamado Quatrossacros. E um outro, entre os que centravam o ainda enorme plastigramado, cercado das acácias amarelas, agora nomeado Paracleto. Os habitantes de Sao já sabiam que esses eram nomes de três regiões dos Conglomerados, Arcanjos, Quatrossacros e Paracleto. Pouco sabiam sobre elas além dos nomes. Sem importar, porque aos poucos aprendiam. Agora as esteiras corriam bem perto do batimento Arcanjos. Ruam aí sentiu um perfume diferente. Forte, estranho. Pensou que vinha das acácias. Mas não, logo viu que emanada daquele batimento. Suave, agradável. Aroma de coisas secas, cheiro tão bom, parecia de folhas secas. Atraente, tanto que Ruam quis descer das esterolas e entrar no batimento. Ia dar essa idéia para Miraia. Não precisou, porque ela já descia. Puxando Ruam pela mão, conduzindo. Sem falar, saltaram das esteiras. O perfume mais forte, agora irresistível. Caminharam juntos para dentro do batimento. Eram quase seis da tarde. Estranho que sentiam a luz e o calor do sol pleno. Ruam olhou para o alto e viu o teto do saguão de entrada. Curioso da iluminação, quis saber donde vinha. Do alto pareciam frestas por onde entravam, realmente, os raios do sol. Luz e calor reverberado, midissolar. E a sensação invadida de um calor seco, que lhe dava prazer enorme, benegusto, nunca antes sentido. Uma leve fumaça espalhada pelo saguão e por todo o resto do batimento. Cheiro doce e seco de incenso. — Incenso... mirra... cássia... cinamomo... laudanum..., lhe dizia Miraia, sem que Ruam entendesse o sentido daquilo tudo. Daquele ambiente, da fala segura e calma de Miraia, em tom de dejaviso. Daquela fumaça que embaçava os detalhes de todas as coisas que formavam o ambiente. As paredes, portas, talvez arcos, móveis enormes de madeira, painéis luminados de desenhos coloridos. E também vultos que se moviam indistinguíveis. Tudo ali indecifrável para Ruam. Incenso,... mirra,... cássia,... cinamomo,... laudanum,... o que dissera Miraia. A mistura de todos os perfumes secos. Aí os dois ouviram uma voz grave e pausada que parecia sair de vários falantes, do chão, do teto e das paredes. Que dizia: — Aqui nos livramos da umidade, da corrupção e das coisas podres do mundo. As coisas frias e molhadas são as que corrompem. As que estão longe do fogo solar. Aqui estão as coisas secas. As folhas secas perfumadas. Do incenso, da mirra, da cássia, do cinamomo e do laudanum. Estamos mais próximos do fogo above. Do eterno sol do meio-dia. De todos os arômatas. Da região de Arcanjos... A voz cessava e repetia instantes depois: — Aqui nos livramos da umidade..., repetidos os nomes que há pouco Miraia dissera. O incenso... a mirra... Para Ruam tudo aquilo envolvia cordicrashe. Agradável, tranqüilo, mas tudo muito estranho. E então mais estranho era o modo e o gesto de Miraia. Que ali dentro seguia calma, tranqüila, passerenando em dejaviso. Como se habitasse aquele lugar há muito muito tempo, a vida toda. No início Ruam ansiava por entender logo tudo aquilo, confuso, que sabia ser um pedaço da região dos Conglomerados. Mas logo se deixou envolver pleno pelo ambiente. Dos perfumes irresistíveis, dos sons e vozes suaves dos falantes. Das coisas ditas pelas vozes e por Miraia. Sentia mais que entendia, isso que lhe bastava agora. Envolvido cordicrashe. O sol forte do meio-dia, lá pelas seis da tarde. As folhas secas, perfumadas e puras. Os arômatas de Arcanjos. — Lá tudo é perfumado assim... sempre? ..., perguntou a Miraia. — Lá onde, amor? ..., estranhou Miraia. — Onde? ... Nos Conglomerados!... — Por que você disse... lá? ... — Ora, lá... na região dos Conglomerados... Miraia aí sorriu quando disse: — Os Conglomerados não estão lá... ou aqui... ...ou em qualquer parte determinada... — Não?!... Então não existem... também? — Claro que existem! — Mas se não estão aqui nem lá... onde é que estão? ... Ruam voliopensou nas coisas que sempre não sabia ou percebia, antes de Miraia. O que o intrigava sempre. Até agora, quando já se acostumava. Voliopensou. No mapa dos labirintos intricados. Na notícia da renúncia da Potestade. E do fim do Grande Sistema. O entendimento real dos Conglomerados. O que significaria agora para a nação braziléina. A nova ordem displicente do tanto fazia tudo. Pelo menos por ora. Mas ali agora Miraia lhe dava um novo piripaque, quando falava dos Conglomerados e dizia: — Eles estão lá, mas também aqui... em outro lugar... estão em qualquer toda parte. Não se preocupe em localizá-los, amor. Deixe que eles localizem você. Isso é que é importante!... Deixar-se envolver e sentir suas emanações. E suas vibrações que serão para você altas, cada vez mais altas, tenho certeza, amor... Aí que Ruam laziou de maiores indagações. E reatentou a atmosfera maravilhosa perfumada, de dentro daquele batimento. Deixando-se levar pela mão de Miraia, mais uma vez, benegusto. Percebeu um dos vultos que se moviam. Através das fumaças multicores da queima do incenso e de outras folhas secas, de arômatas. Fixou esse vulto e estremeceu. De viso embaçado, forma não clara... mas certa!... Viso familiar, intenso, próximo... amado... viso do querido jovem. Alvez. Sem ser holograma, agora real, verdadeiro, como Ruam sentia. Que ele também o visava. O corpo todo de Ruam que aí se arrepiava, cordicrashe, sentia chover e invadir raios de vibrações, como um choque, lanceado incrível. — Alvez!, gritou Ruam que ia correr para tocá-lo e senti-lo mesmo, que assim real, tinha certeza. Não como das vezes em que ia visitá-lo, pelo aniversário de sua morte, na Almocolom do Funebrário Militar de Santana. Nem era o boneco jurado por Miraia, pequenito materiado de seus restos. Era Alvez real vivo! Sem o uniforme de armitropa. Encapuzado todo, um vulto, mas Alvez. Lhe transmitindo um vibror nuliparolas, que entendido ali profundo, como sem antes. A verdade inteira de Alvez lhe passava e penetrava agora, só agora. O eterno querido jovem. Para Ruam ali nunca perdido, não morrido, sem nenhum sentido prantéa-lo. Que como todas as coisas jamais perdidas, enquanto reais vivas, transmissoras vibradoras. Aí Ruam decifrou, como sentiu, um sinal de liberdade. Própria verdadeira, ao captar as vibrações emanadas. Visava Alvez e ia correr para tocá-lo, senti-lo vivo. Mas Miraia o segurou pela mão, levetouche mas firme. — É ele mesmo! Não é holografia!... Tenho certeza que é ele!... Mas... como é possível? — Já precisamos sair, amor..., disse Miraia enquanto Ruam resistia. — Sair agora?... Por quê?... Eu quero pegá-lo!... Alvez!!!... Alvez!!! — Precisamos... disse aí Miraia enquanto o puxava firme, calma vencia, os dois já perto da porta... — Me explique!... Como é possível??... — Você vai entender, mas sem essa ansiedade. Não saberá nada precipitado. Voltaremos aqui no Arcanjos e iremos aos outros batimentos, entraremos nas outras regiões dos Conglomerados..., Ruam aí cedeu novamente. Deixado levar por Miraia. Pelo todo vibrado recebido, sentia, sem saber, ela tinha razão. Precisavam sair. E saíram. Logo desceram para o underground, os dois silenciosos. Ruam sem indagar mais. Miraia junto, de mãos apertadas. Pegaram o trem da linha Norte/Sul, na direção do bairro Jabakuara, sob a cúpula geodésica que ainda havia. Onde sitava sua morada, no batimento tribranchado."

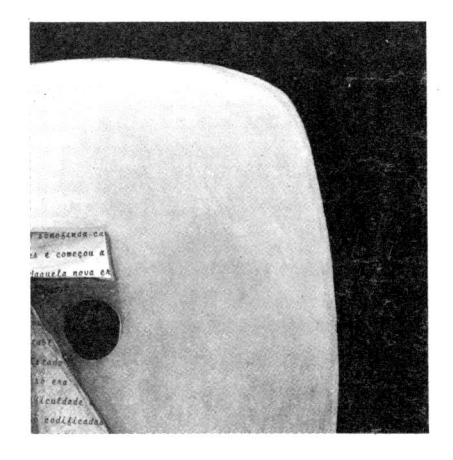

REL. 18:

"Que chegaram, subiram e entraram. Por todo o caminho seguido, do Ibirapoera à sua morada, Ruam ainda fixado e silencioso. Voliopensava no que sentira no batimento Arcanjos. Sensação que lhe permanecia, as vibrações altas recebidas. Sentia agora a calma paz de dentro, de bem dentro, si mesmo. Que lhe abafava as dúvidas rompidas. Abafava suave, benegusto, sem querer indagar os detalhes incompreendidos. Sentimor altovibrato. Beijou Miraia à porta da morada. Atrás bundencoxado. Abraçados calientes os dois abriram a porta e entraram, até a salestada multiplana. Rolando agarrados pelo tapete espesso branco, pelas almofadas coloridas. Fizeram amor, como sem antes.

Que ao nudar Miraia Ruam sentiu de novo os arômatas. Julgou que fosse de sua roupa, impregnada a defumação do batimento Arcanjos. O cheiro de cássia ou de mirra. Ou de cinamomo, sem bem saber. Assim talvez misturados. Mas viu logo que não. Ela despida, a roupa jogada longe, do outro lado do canapé. E o perfume de sua pele que aumentava. A pele de seu corpo quente igneado. A cada pedaço de seu corpo um novo perfume. Ruam sentiu inteiro por cada vez, cada parte. O cheiro dos seios que exalavam mirra. Da boca beijada, o hálito doce da cássia. Das coxas brancas e macias, abaixo até os pés, acima até os pêlos, ali um lótus miripétalo que exalava o cinamomo. Ruam mergulhou o rosto todo por dentro das pétalas. Que se abriam e fechavam contraídas, de gozo profundo. O gozo de Miraia. Que lhe puxava a cabeça, a língua vibrada, os lábios, a chupar-lhe o sexo. As mãos ternas que lhe carinhavam os cabelos, pouco restados, dos punitransplantos. Fizeram, repetiram e mais. O amor querido e negado, interrompido há tanto tempo. Ali juntos agora como deviam, sempre. Que eram os projetos cruzados e entrecruzados deles dois, Ruam Miraia, seratráteis. Desde sempre. Só que ali agora feito, realizado pleno, como sem antes. Ruam inebriado do sentimor e dos perfumes. Viu que chegara aquele momento, depois de tantos passados. Um foco chispado se projetou em sua mente. O lutador de armitropa, hybrisado e altivo. Depois o líder Contaminado, punido como poucos. Sofredor nos dois momentos, intenso outego. Agora a descoberta do mundo novo dos Conglomerados. O mundo real, superior, das energias e vibrações verdadeiras, do amor verdadeiro, como sentia. O engajamento político pertencia aos lowibratos. Seres lúdicos de baixa vibração, jueradores. Inconseqüentes, inferiores, como os demais seres sitados nos graus baixos de evolução. Ruam voliopensava. Os minerais e vegetais, as rochas e plantas verdes. Que as plantas verdes só vivem pela umidade e nela se corrompem. Os vegetais frios que apodrecem, as serpentes que se nutrem de ervas e raízes venenosas, produzidas nas terras longeadas do sol. Úmidas. Os vegetais mais evoluídos, que sendo os das terras quentadas, mais próximas do fogo solar. Secas, defumadoras dos maravilhosos arômatas, que dão o cheiro da mirra, da cássia e do cinamomo. Como aprendera há pouco e sentira no batimento Arcanjos. E como era aquele corpo quente de Miraia. O aroma defumado das folhas secas, produzidas em terras tropicais, tais que as da nação brazileina. Mais próximas que as outras do fogo solar. Ali como sem antes Ruam entendeu, pelo corpo igneado de Miraia. Amanheceu grudado ao corpo de Miraia e a ela inteira, branca, linda, aromatada, projeto feito de sua vida. Sobre o tapete espesso branco a amava mais uma vez como sem nunca nunca antes. A roupa de Miraia jogada pro outro lado do canapé hexagonal. No meio dele o estojo precioso que continha o Picanieves alvo limpo. Costumado aos banhos de fumaça. Ruam aí voliopensou um antigo sonho repetido muitas vezes, desde quando pequenito. Que passado em certa época muito distante, perdida no tempo. Com coisas existidas remotas, antes de seu próprio nascimento e geração. Como um trem soltador de fumaça, o mostrado no sonho. Passando a seu lado, longado, com vagões enormes que sucediam sem fim. Ele empedado numa espécie de estação, do outro lado um muro muito alto. Ela também ali junto. Ela, sem saber quem, mas que figura amada, elevada, desejada por Ruam intenso outego. Como um ser espiritual, lhe condutor. Os dois se diziam algumas coisas nunca lembradas por Ruam, depois do sonho. Quando o tinha, nem então. Mas que se referiam à idéia de repetirem os dois uma cena. Passada ou talvez filmada, em que ela atuara ou os dois. De repente ela o puxava pela mão e saíam em corrida, paralelos ao trem. Disparados. Ele então fechava os olhos e sentia uma maravilhosa vertigem. Do desconhecido, perigo intenso desejado. Seu corpo todo levado elevado, enquanto ela o puxava pela mão. Que fosse tanto a salvação ou destruição de seu corpo. Ou de todo simesmo, sem importar qual. Queria que ela o conduzisse. Tinha bem consciente, no sonho, que a cena já fora feita e repetida, talvez filmada. Representada por ela, como atriz, junto com alguém. Que talvez ele mesmo, não bem certo. Mesmo assim tinha sempre aquela emoção. Profunda, cordicrashe, de vertigem. Corriam e de repente os dois davam um salto. E se precipitavam num espaço alto, de abismo. Para caírem leves colúmbios sobre um monte de palha. De feno, comida dos cab-horses, antes de colocada nas mangetírias de acrílico. Ainda soltas, fofas macias. Caíam ali de mãos dadas, juntos. Todas as vezes, muitas, que sonhara aquela cena, Ruam nunca soubera certo quem aquela figura. Só que elevada, em espírito, talvez o seu próprio. Sua realidade, inego verdadeira, como sentia. A figura nunca antes identificada. Mas ali agora, junto com Miraia, vivia uma imagem próxima. Talvez não fosse ela. Mas que entanto a mais próxima de todas, conhecidas e vividas. A imagem ali presente de Miraia. Ficaram encostados no canapé, onde estava o mapa. Centrado o estojo do Picanieves. Miraia então pegou o estojo, destampou-o, tirando o pássaro empalhado. Ruam fixava seus gestos. Seu corpo branco nu que se movia e o maravilhava, como sempre. Em cada postura, no ritmo seqüente de seus movimentos. O Picanieves pousou entre seus seios, redondos cheios, brancos macios, de bicos pontagulhados. Ruam lembrou de como ela juerava com o boneco pequenito feito de Alvez. Miniaturado composto de seus restos, no Almocolom. Assim ela fazia agora com o pássaro. Com a respiração e o arfar de seu corpo, sobre a cintura, ele agora deslizava por sua pele. Escorregava movia, de olhos fagulhos, como de vivo. Exalava também os arômatas. Movia assim que parecia reviver, próprio. Tal como o pássaro revivido das próprias cinzas, antigo chamado

Fênix, Ruam sabia. Que costumado a visar o sol de face, encarado. A águia midissolar, resplandecente de arômatas, deslizou pela pele de Miraia."

4.

Relatos da Unidade de Computação G-417/104
Tema: *Adaptação do Funcionário Ruam M.I. Série J.415/21/SK-8*

REL. 19:

"Que a população brazileina já era toda conduzida e mostrada para o caminho dos Conglomerados. Pouco a pouco, com muito preparo. Pelas irradiações de ensinamentos, essas que não precisavam ser através dos veículos tradicionais de comunicação. Novas, vetês, tevês, painéis luminados, altifalantes gerais, já usados antigos pelo Grande Sistema. Agora as irradiações eram diretas, por vibrações diretas, correntes diretas emanadas, por onde fluíam os ensinamentos. Cada dia que passava Ruam se sentia mais perto de um entendimento próprio, real verdadeiro. Então cada novo dia era um dia real novo, como sem antes. Também para todos os habitantes de Sao e os demais brazileinos. O desejo de todos eram as vibrações sempre mais elevadas, a cada momento, como eram. Cada vez menos se sentia necessidade de trabalho. Tanto de movimento. Tanto do acúmulo de objetos, instrumentos ou valores. Todos que buscavam agora desconsumir. E desmateriar cada aspecto de suas vidas. Esse era o caminho sentido dos Conglomerados. Cada vez menos locomoção e uso de falas, palavras. Os objetos queridos se restringiam a uns poucos. Quase só um para cada um, ou par ou pequeno grupo. Na nova ordem dos Conglomerados esses objetos eram antigos símbolos, pequenas coisas, afetos... Que então se vivificavam. Sempre eram símbolos ou coisas diversas. O de Ruam e Miraia era o pássaro Picanieves. Deles e também de Mendo e Baldom, que agora todos eles moravam juntos no batimento tribranchado. O Picanieves virara pássaro vivificado pelas emanações fortes dos quatro. Agora parecia mesmo real vivo, como prestes a voar. — Mas se ele voa pra fora vai ter que esbarrar na geodésica, disse um dia Baldom, quando os quatro juntos sentavam nas almofadas da salestada. Programavam uma ida ao batimento Paracleto. — Ele passa por ela, disse Miraia. — Isso é possível?..., estranhou Mendo — ...então vamos soltá-lo pra ver! — Não!, repeliu Miraia com energia. Que não ia experimentar nada com o querido Picanieves. Tinha que deixá-lo bem guardado no estojo. No centro do mapa, no canapé, que um dia talvez resolvesse soltá-lo. Não por enquanto, sem só pra ver ou experimentar. Só quando houvesse um sentido nisso, soltá-lo. Que não era pra se experimentar com coisas muito queridas. Nunca, nunca, repetia Miraia para Mendo e Baldom. Que logo concordaram com ela, como sempre. Os quatro aí saíram da morada rumo ao Paracleto. Desceram para o underground do Ajuntamento Jabakuara. Pegaram o trem na direção do Ibirapoera. A velha linha Norte/Sul, primeira de Sao, ainda em funcionamento. Claro que não perfeito, renotava aí Ruam. Como todas as outras. E como todos os caminhos e veículos naquela nova ordem dos Conglomerados. As cavaliodes e granavenidas, os plainoportos, as direções por onde seguiam os veículos senrodados e sentrilhados, energizados por células combustíveis. Não se precisava mais conservar tanto os caminhos externos. Importavam os internos, os que sim, cada vez mais conservados e aprimorados. Luminados. O trem no que iam ia mais lento e barulhento. Saía agora da cúpula geodésica que também não parecia mais tão límpida. As cores do céu agora menos exatas, sob ela. Em um ou outro ponto apareciam manchas. Que cada dia mais escuras. Ruam também renotava isso. Logo se aproximavam de Ibirapoera. Os enormes plastigramados também sujos, descuidados. Os lagos agora de águas turvas. As praças todas e a grande área ainda de cor vermarela, mas muito borrada. Os batimentos com material externo escurecido, manchado, enferrujado. Folhas secas espalhadas por toda a área. Caídas das acácias meio murchas, com vagens quebradas e jogadas. Aí Ruam notou que alguns novos arbustos cresciam e floresciam, modificando a antiga paisagem do lugar. Já na superfície, os quatro caminhavam junto aos batimentos principais. Arcanjos, Quatrossacros e Paracleto, à frente Miraia. Fizera todo o caminho silenciosa, desde a saída da morada. Mendo e Baldom seguindo junto, de vez em quando tinham comentado alguns aspectos da nova paisagem. As manchas negras da cúpula geodésica, ou as vagens jogadas das acácias. Mas também pouco falando. Entraram no batimento Paracleto. Dentro havia um imenso espaço vazio. Logo de entrada, a sensação de encontrar-se com o nada. O próprio, nadificante. Mas se via que os limites desse espaço eram duros e sólidos, estranhamente. O chão, o teto, as paredes laterais, herméticas. Só a pequena portinha de entrada. Os limites duros e frios feitos de pedra. O piso o teto e as paredes de um tipo de pedra muito polida, como parecia, só que de uma pedra estranhamente mais sólida. Que um simples granito. Passava-se agachado pela portinha depois sentava-se no chão. Como eles quatro faziam agora. Também outros visitantes do Paracleto, ali agora, no chão duro de pedra lisa. Mas quando se sentava nele tinha-se a impressão de uma enorme coisa macia. Que acolhia, muito mais que os mais macios bundessacos. Tanto quanto deixava de ser frio, tornando-se tépido agradável, caliente conforto. As paredes também de pedra lisa, dura e fria por todos os lados. À primeira vista só pedra opaca, sem nada mais visível. De cor cinza uniforme, invariável e monótona. Mas que aos poucos iam sendo luminadas por trás, virando transparentes. E com aquela penumbra de todo o lugar, fosforescentes. Quando aí iam surgindo cores, lentamente, nas paredes e no teto. E no próprio chão onde sentavam, que também se luminava por baixo. Ficando transparente e fosforescente. Primeiro só as cores esparsas que surgiam, logo depois as formas. Várias abstratas a princípio, aos poucos se concretizando. Aparecendo então várias coisas coloridas, misturadas sobrepostas. Imagens de pedras e de montanhas, rostos humanos, vultos. Com nitidez a montanha maior, enorme, uma imagem que surgia e sumia. Encobrindo-se de uma nuvem branca, envolvente. Mas que durava pouco, desaparecia... como se se abrisse um buraco na nuvem, ressurgia. A grande montanha, em sua volta algumas trilhas em ziguezague. Que iam ficando mais nítidas, luminadas. As escarpas densas encobertas, meio pedra meio vegetação. A grande montanha se projetava nas paredes à frente. Ruam então olhou para baixo, para o chão em que se sentavam, na pedra. Agora se via em situação diferente, não mais num chão único de pedra em que os quatro se sentavam, junto com os outros visitantes. Estava agora em construções de pedra enormes, só que ruínas. Ruínas de pedra envolvidas por vegetação. Pedras em grandes blocos, monolitos, ou menores, dos mais diversos formatos e cores. Algumas fazendo conjuntos sitados em diferentes níveis. Mais altos ou mais baixos, ligados aos outros ou não. De repente Ruam viu Miraia afastada à frente. Sentada encimada num torreão. Adiante de todos, mais junto à grande montanha. Seu corpo todo imóvel, seu viso fixado para o alto cume da montanha. Visou também Mendo e Baldom, muito longeados. Como todos ali um do outro. As distâncias entre os lugares pareciam agora aumentadas, enormes. Como se tudo se alargasse de repente, dentro do batimento. Paredes piso e teto se distanciando, mais e mais até quase desaparecerem. Agora ali um espaço aberto. E todos para ali transportados, como que de repente. Outro espaço mais amplificado. Estavam ali os rostos, os vultos se movendo pelas trilhas. Seguindo em direção ao topo da montanha. Onde ali, sobre as quebradas um plano. Patamar. Os vultos se juntavam e magotavam nele, visando o cume. Onde aí surgiu um vulto maior, encimado. Seus braços se abriam esticados, abrangiam. Nessa abertura uma sensação forte de vibrações espalhadas. Para todos dali. Como Ruam, que as recebia com um estremecimento. Súbito, alguma coisa irradiada. Muito forte, especial direta. Uma figura indizível bela. Seu rosto ficava mais nítido. Feições suaves e perfeitas, serenas e severas. Os cabelos compridos até o ombro. Lisos, partidos no meio, escorridos castanhos. Seus olhos azuis, vivazes brilhantes, barba espessa. Ruam aí sentiu o estranho dejaviso. Que antigo, perdido no tempo de sua memória. Recordo de coisas aprendidas reveladas. O antigo chamado sóter profeta, que tinha o sinal do peixe. Lembradas reveladas, algumas sentenças. Que aí repetiu, transmitido, mas sem dizer palavras. Direto a todos e a Ruam. — Perto de ti está a palavra, na tua boca, no teu corde... Porque são as nações deste mundo que buscam com excessivo cuidado todas estas coisas... Em verdade não te aproximaste de uma montanha palpável, nem de um fogo ardente, nem de nuvens sombrias, nem de trevas, nem da tempestade, nem do som da trombeta, tubamirum, nem daquela voz tão retumbante que os que a ouviram suplicaram pra que não lhes falasse mais... Até esta hora sofremos a fome e a sede, estamos nudados, somos bofetados, não temos morada certa e cansamos de trabalhar por nossas próprias mãos... Aquela figura talvez real, talvez holograma perfeito. Tal que a de Alvez no batimento Arcanjos, real. Ruam se transportava para os Conglomerados, junto com os outros. Uma situação nova, todas as coisas externas percebidas, consistência nova de tudo. As mesmas coisas, nas mesmas formas, mas que lhe transmitiam agora sensações diferentes. Primeiro pareciam pulsar, pulsavam. As pedras se animavam com vibrações próprias. Que se irradiavam e lhe atingiam direto impactado. As cores de tudo que visava se lumiavam, próprias, a partir de si mesmas. As pessoas que visava, as auras resplandecentes de suas cabeças. A de Miraia, ali na frente, a mais lumiada, esplêndida. Ali mais perto da figura da montanha, abrangente. Que continuava a repetir, sem dizer, aquilo remoto na memória de Ruam. Aprendido antigo revelado, antepassado. Mas que só agora direto, nuliparolas. Vibrado irradiado. — Eu sou a luz do mundo... O que me segue não anda nas trevas mas terá a luz da vida... — Eu sou a luz do mundo... O que me segue não anda nas trevas mas terá a luz da vida... Eu... Eu... Ôm... Ôm... Eu... Ôooooommmmmmmmm... Óin... óin... óoinn... Sou... ouououououou ouououououououou...... a luz... ouououou do... mundo... o que me... óinóinóinóinóinóin...... não... ãoãoão...... ôõõõõõmmmmmmmmmm...... .... anda nas trevas....... óinóinóin...... óinóinóin......, ruído estático que de repente penetrou os ouvidos de Ruam. O som enganchado que se repetia — Eu.... ôôôôômmmmm.... óinóinóinóin......, quebrado metálico, distorcido.... óinóinóinóinóinóinóinóinóin....., enquanto a imagem da figura se multiplicava em caleidoscópio, pra todos os lados, cima abaixo, preenchendo todos os espaços. Se projetando nas pedras, na montanha, nas paredes, chão e teto. Se fundindo com tudo, se multiplicando mais e mais. E tudo sumindo dentro dela. Também as pessoas presentes, projetadas, se fundindo e sumindo. Ruam tonteou com o viso das imagens e os ruídos. Sentiu-se com os pés fora do chão. Estranho, mesmo fora do espaço, profunda vertigem. Outego solto de sua consciência, esvoaçando. Fechou os olhos, desfaleceu. Rodopiou sonando profundo. Viajava escorregado por dentro de um cilindro de pedra. Dentro dele uma trilha lisa, escorregador. Para baixo se enfiando na terra."

REL. 20:

"Que sua velocidade crescia vertiginosa. Sensação que Ruam gostava, parecia que o corpo voltava pro verdadeiro seu lugar. Donde desencachado. Esticava os braços para trás e para cima, num enorme bocejo. Deitado espreguiçado. Sentia-se entrando no centro da Terra, sem nenhum esforço, só um frio na barriga. Mas logo as curvas se tornavam mais rápidas, angulosas. Começavam os solavancos. Batia nas paredes laterais da trilha escorregador. Com as curvas fechadas violentas, esbarrava de todos os lados. Dobrava os joelhos e descia os braços. Baixava a cabeça, protegendo-a com as mãos. Os esbarrões machucavam. Pancadas, batidas mais fortes, dolorríveis. Começou a gritar rouco, a cada batida. Depois mais alto, a dor aumentando. Começou a berrar esganiçado. Um incrível medo, pedia socorro sem adiantar. Sem saber onde iria parar, nem quando. Nem o que encontraria no fim da trilha. Veio-lhe a imagem de Goto. Com um espeto metálico pontagulho. Que o haveria de varar inteiro, furando as tripas. Queria brecar, fincar, desviar, só conseguia soltar berros. Já estava cego para qualquer direção. Quando tentava jogar as mãos e os braços para os lados, para diminuir sua velocidade, se queimava pelo atrito. Mesmo assim aquela sensação de estar voltando, real verdadeira, para seu lugar e tempo. Aí sentiu um empuxo inda mais forte, violentíssimo. Que o projetou cuspido pra fora. Saiu voando por um buraco escavado de metrô. Caiu esparramado no asfalto quente da Avenida Paulista. Passava por ali uma pequena ventania. Deslocando poeira, papéis, latas, pedaços de entulho e mais toda a sorte de detritos. O lixo voando com o ar preto fetilento. Também na hora passava uma perua quase em cima dele. Desviou zunindo os pneus dianteiros. — Seu filho da puta!, chiou o negão do volante. Completou: —Vá se matar na casa do caralho!... Um táxi de frota muito esculhambado também o raspou. — Qualé, vagabundo?! Vai dormir debaixo da minhoca que aqui nós tamo trabalhando!..., gritou o chofer depois de uma escarrada. Da boléia de um misturador outro que berrou: — Tu quer piorar mais ainda a bosta de trânsito dessa bosta de avenida?... Seu bosta!... Ruam aí se levantou atordoado. Com a queda, fumaça, barulho das buzinas, serras, batistacas, misturadores de cimento, britadores, perfuradoras das obras da avenida. Os carros mal se movendo, brecando e xingando em todas as direções. Tentou correr para um lado, esbarrou num pára-lama, voltou, tropeçou, levantou, correu de novo. Conseguiu atingir uma calçada. Aliviou-se um pouco e respirou fundo. Na expirada começou a tossir violentamente. Até perder o fôlego e cair de cócoras. Vomitou. Copiosamente, sem poder controlar. Sem ter mais nada pra pôr fora, continuava. Já saía uma gosma esverdeada. Tinha a sensação horrível de estar lançando as vísceras. Mas por enquanto olhava o chão e via ainda bílis, escurecida por um pouco de fuligem. Se misturando com o pó das obras, escorrendo lamada pela coxia, até o bueiro. Ouviu atrás uma voz de mulher jovem: — Que nojeira, esses bebuns! E outra junto: — Deviam era encanar esses caras que emporcalham as calçadas... Parou um pouco a ânsia. Ruam virou e as viu de costas, se afastando. Andavam apressadas, uma segurando o cotovelo da outra. Estranhou suas roupas. Aí foi olhando em volta e estranhando as roupas de todos os que passavam pela avenida, magotados. Subindo a vista viu os prédios. Estranhos batimentos, encimados com enormes triângulos alaranjados, de tinta berrante. Outros com grandes conchas, da mesma tinta. Reparou nos carros, todos rodados, de diversos tamanhos, formas e cores. Todos metálicos, como os muito antigos que conhecera em hologramas. Quase não andavam por falta de espaço. Não via ali nenhuma esterola, cavalrode, cab-horse ou taxiposte. O que mais estranhou foi a ausência dos cavalos, transporte mais perfeito para megalurbes congestionadas, como Ruam sempre soubera. Em vez dos cavalos de aluguel, os cab-horses, e em vez de suas vias naturais, as cavalrodes, Ruam espantado só via carros com rodas de borracha. Em vez de seguir pelas esterolas, que não havia, os transeuntes caminhavam desordenados, ofegantes e sudorados, sem nenhum ritmo, pois Ruam também não via nenhuma tabela de passo-ritmo. Tudo muito estranho e diferente. Contudo, Ruam tinha ali uma sensação de completo dejaviso. Até podia precisar: Estava na Granavenida Paulista, perto do Granorquidário Paraizo. Não sabia como, tudo ali era bem diferente da Granavenida. Onde estava o Temperômetro Central? Mas era o Espigão, tinha certeza. Começou a andar para onde sentia que deveria estar o Granorquidário. Sua cabeça se confundia mais a cada passo que dava. Tudo ao mesmo tempo estranho e familiar. Enquanto andava ia se indagando. Estava sonhando? ... Então quando ia acordar? ... Se beliscava, batia os pés, movia os braços, abanava a cabeça com força, sem no entanto acordar. Que estava fazendo ali? ... Já saíra do batimento Paracleto? ... Já entrara no Quatrossacros, por acaso? ... Era aquilo?!? ... E Miraia? ... Onde estava Miraia? ... E os outros...? ... Mendo? ... Baldom? ... Estava sozinho naquele lugar? ... Era Sao?!? ... Andou andou sem encontrar nenhum Granorquidário. Resolveu perguntar para algum transeunte. Aproximou-se de um homem de pele escura, com quem cruzou: — Sabe onde é o Granorquidário Paraizo? ... — O grano que, cara? — Granorquidário Paraizo... Onde tem a estufa das orquídeas gigantes... — Estufa? ... Gigante? ... Num sei não, cara... — Não sabe pra que lado é? ... — Num sei é o que tu tá falano... Essa... coisa é pur aqui?!? ... — Acho que... devia ser... — Olha aqui, cara. Isso tudinho aqui é o largo Paraíso. Eu trabalho de sócio num borracheiro aqui da Abílio tem uns três anos. Nunca sube desse lugar... granu... cumé mesmo? ... — Granorquidário... de orquídeas... a flor... — Ah!... peraí... já saquei!... Num é acauso uma floricultura, cara? ... Então é aquela ali pertinho da Síars. Chama Flora Buter... Buter... Cumé? ... Ah!... Buterflí... Isso aí, cara. Os japa de lá pronunceiam baterfrai... É só trevessar ali as dereita depois do farol... — Sabe se lá tem orquídeas gigantes... pratos acústicos com música que sai... — Ô cara, num manjo de flô não... Mas num tem um ano que comprei lá umas rosa pra minha véia no dia das mãe... Agora prato... prato... Pô, cara! Tu tem que vê isso em loja de lôça, saca? ... Peraí... pode ser que tu arrume isso na Síars... Ou será que tu tá falano de disco, cara? ... Tu é do interior? ... Donde tu é? — Eu sou de Sao. — De sal?!? ... Porra!... nunca sube que existia essa cidade!... É no estado de São Paulo mesmo? — São

Paulo...? ... Parece que há muito tempo era assim que chamavam Sao... Ruam lembrou de ter visto isso no Museu Etimológico da Megalurbe... São Paulo... — Tu quer dizer que tua cidade já se chamou São Paulo e agora se chama apenasmente... Sal?!? ... — É. Parece que é isso. O preto deu uma gargalhada. — Demais, cara! Sem essa aí!... Uma cidade que já se chamou São Paulo e agora é... Sal!... Demais!... Afastou-se rindo sozinho, sem nem se despedir. Ruam ficou ali um instante, vendo o preto ir. Reparou seu andar ondulado sinuoso, o movimento balançado dos seus braços. Bem diverso daqueles gestos retos dos funcionários de Sao. O preto dobrou a esquina e Ruam voltou à sua situação, confusa embaraçada. Pra onde ir agora? Fazer o quê? Não adiantava se beliscar, que não acordava... Estranha aquela semelhança de lugar dejaviso! Que não era e parecia ser. Ou era Sao? ... Viu que só tinha a solução de descobrir onde estava, realmente. Por que estava e como fora parar ali. Já que tinha que descobrir, podia começar mesmo pelo Granorquidário. Viu perto a loja das flores, como disse o preto. Atravessou a praça, viu a placa com o nome "Oswaldo Cruz". Andou mais um pouco e viu "Flora Butterfly". Entrou. Uma jovem de olhos puxados atendeu-o com belo sorriso. — Pois não? Ruam olhou o ambiente e viu muitas flores. Muitas que não conhecia, nunca vira, lindas. Mas nenhuma orquídea. Muito menos arcorquídeas ou estufas gigantes. Aquele pequeno lugar nada tinha a ver com o Granorquidário, o seu lugar com Miraia!... Não tinha sentido perguntar nada àquela moça. Voltou-se para sair. Quando ela chegou por trás, com voz muito suave: — O senhor não gostou de nossas flores? Ruam virou para ela, displicente: — Não é isso. Gosto muito... — Então como é que o senhor vai embora sem nem saber nossos preços? São bem baratas, sabe? — É que... eu estava procurando outro lugar... que tem orquídeas enormes... — Orquídeas?!... Nesta época do ano? ... É muito difícil, sabe? ... Mas que lugar é esse que o senhor está procurando? ... É aqui por perto? — Eu achava... que podia ser... — Como se chama? — Granorquidário Paraizo — Granorquidário Paraizo?!... Que nome gozado!... A moça deu uma risadinha, intrigada. Estacou, pensando. — Espera um pouquinho. Meu avô entende muito de orquídeas, sabe? Talvez ele possa informar pro senhor... Só que... eu acho que agora ele está dormindo... Ele é muito velho, sabe? — Então não precisa incomodá-lo. Muito obrigado, disse Ruam, aproveitando a chance para sair, polidamente. Já estava quase na porta quando a moça insistiu: — Não, não! Espera um pouquinho. Eu acho que ele já acordou. Vou lá ver... Entrou para o fundo da loja, sem dar tempo de Ruam responder. Num instante surgiu um velhinho de barba branca, fina e comprida. Bem arqueado e trôpego, mas de olhos incrivelmente brilhantes e vivos. Dirigiu-se logo a Ruam com fala pouco inteligível. Mas Ruam entendeu que o velho era um apaixonado cultivador de orquídeas. Que tinha feito em sua chácara experiências botânicas raras, conseguindo um tipo de orquídea muito maior que as convencionais. Chamava-se Tanaka. Fora trazido do Japão por seu genro, dono da loja, pai da moça. Dizia: —Os mininu acha o véio Tanaka meio roco, non? , pondo o indicador na fronte... — Mas Tanaka tem uns idéia glande de olquídia... Começou então a contar para Ruam, falando sem parar, seus planos de cultivo de umas orquídeas enormes, gigantes. Queria aumentar bastante a loja "Baterfrai", comprando todos os prédios e casas em volta, pra fazer ali um grande parque só de orquídeas. — Tudo cheio de olquídia glande, non?... Enquanto Tanaka falava, Ruam se impressionava e confundia muito. Era a descrição quase perfeita do Granorquidário! Principalmente quando ele dizia: — Um lugar onde as olquídia glande pode ficar se mexendo, non? Dançando, non? ... Com som de musga istilofônica... glande... glande!... A moça acompanhava com risinhos entusiasmados. Ele a abraçava pela cintura e continuava: — Esses pranu do Tanaka só vai ser quando a netinha aqui Ikue tumar conta da Baterfrai... Chegando ao ouvido de Ruam, com malícia. — É qui o pai dela num gosta desses idéia pa flente, non? Eli é meio um cala caleta, non? ... Ikue continuava com os risinhos miúdos, se deliciando com a fala do avô. — Como se chama mesmo o lugar que o senhor estava procurando?, perguntou Ikue a Ruam. — Granorquidário Paraizo. — Glanolquidáliu Palaisu...!, repetiu o velho excitado, dando risadinhas, acompanhando a neta... — essi rugar nun existe... — Mas vô! Num acha que podia um dia se chamar assim o nosso lugar? ... — A Baterfrai?!? ... — Sim, vô! Podia se chamar Granorquidário Paraizo! Justamente quer dizer... um lugar de orquídeas grandes... que vai ser no parque que vamos fazer aqui no Largo Paraíso! Só para as suas orquídeas, vô!... O velho estacou de repente, ficou sério. Seus olhos agora miravam longe e brilhavam inda mais. Repetia baixinho: — Glanolquidáliu Palaisu... Glanolquidáliu Palaisu... Aí começou a pular como criança, falando entrecortado numa língua que Ruam não mais entendia. Só quando repetia: — Glanolquidáliu Palaisu... Glanolquidáliu Palaisu... do Tanaka!... O velho e a neta rindo e saltitando, falando em sua língua. Só um com o outro. Ruam ficou de fora. Sem ser percebido, voltou-se para a porta e saiu lentamente para a rua. A situação agora o intrigava ainda mais. Que sonho engraçado!, repetia para si. O barulho dos carros rodados, as buzinas, funcionários escavocando as ruas, parecendo os da Prefeitura Municipal de Sao, só que apenas alguns capacetados e nenhum azulmacaconado, como Ruam percebia. As máquinas subindo pedaços de ferro para o topo dos batimentos, as serras que cortavam os ferros, as batistacas, os misturadores de cimento, de novo as buzinas, um barulho maior, o ar fetilento irrespirável de fumaça, os transeuntes apressados, desorganizados, caminhando sem nenhum ritmo, os perfuradores de ar comprimido os rostos tensos e feios de todos, tudo parecia agora mais intensificado. Todos corriam... Pra quê?, se indagava Ruam. Será que para ganharem mais alguns crediselos?... Precisavam tanto se apressar assim?... De novo a volta para sua situação. Como veio parar ali?... Estava ou não em Sao?... Acordado?... Não adiantava se beliscar. Seu corpo ainda dolorido, tinha se machucado muito na viagem escorregada. Lembrou-se do cilindro de pedra. Tinha saído por um buraco no meio da avenida... Sim!... Era preciso voltar lá para ver como era, o que havia. Andou voltando pela avenida. Procurou o buraco por onde tinha saído. Procurou, só que havia muitos buracos escavados. Qual deles? Impossível agora distinguir. Tinha de ir tentando um por um, como foi. No primeiro só tinha uma poça d'água, umas tábuas e latas velhas. Raso, sem ninguém. Outro era um túnel de manilhas de esgoto. Alguns funcionários fazendo consertos com cimento nas paredes. Dava para distinguir pouca coisa, pela escuridão. Ao se aproximar do grupo uma voz falou seco: — O que que o senhor está fazendo aqui? Procura alguém?... Ruam senjeitou e só soube responder: — Não, não... Só queria ver... só queria ver se era aqui... — Se era aqui o quê?... Ruam hesitou, sem saber o que dizer o homem se adiantou ríspido: — Ora, vai saindo, vai saindo, velho. Aqui não é lugar pra xereta. Cai fora, tá? Ruam saiu rápido e entrou num terceiro buraco. Esse parecia mais com um underground, profundo. Foi descendo uma escada, entrando numa galeria iluminada por lâmpadas esparsas. Sem perceber ninguém em volta. Dado momento esbarrou com um portão trancado. Tentou abri-lo, sacudindo, não conseguiu. Até que num embalo resolveu pular. Ouviu logo um apito estridente bem junto dos ouvidos. Passos rápidos e uma mão forte que o prendeu pelo braço direito. Virou e viu um homem fardado. — Onde pensa que vai, chapa?... Antes que Ruam respondesse o homem o empurrou, virando-o contra a parede da galeria. Começando a apalpá-lo por trás, revistando. — Seus documentos. — O quê?, Ruam não entendia bem a atitude nem a pergunta. — Se não tiver vai em cana já, chapinha!... Sem perceber como, já estava sendo empurrado e espancado pra fora do túnel. Instintivamente tentou reagir à agressão, dando um golpe de defesa que aprendera quando ainda raso de armitropa. Aí que sentiu um violento baque na cabeça e nada mais."

REL. 21:

"Que abriu os olhos e estava sentado num banco, os pulsos presos por duas argolas de ferro. Em sua frente um homem de óculos dourados e bigode curto preto, sentado em frente a uma escrivaninha. Com pilhas de papéis dos dois lados. — Seu nome completo e qualificação. Ruam não entendia bem o termo "completo" nem o "qualificação". Imaginou à toa que fosse o código de seu manual de implicações. — Ruam. Manual de Implicações Série J.415/21. Rasgado o Manual, funcionário do Departamento de Contestação, função de liderança SK-8... — O quê, o que?!? ... Que que é isso que você está dizendo?? ... Manual de implicações? ... Departamento de contest...ação??? ... — Sim. Já fui grado de armitropa. Depois líder Contaminado, desde um dia ocorrido nos quintandares de purificação. Depois da queda da Potestade e do Grande Sistema... que nunca existiu de verdade... estou sendo iniciado nos Conglomerados. Estava visitando o batimento Paracleto... ou já tinha saído e entrado no Quatrossacros, agora não me lembro bem, conduzido até ali por minha findesposa Miraia... O homem de óculos dourados pegou um fone e falou baixo, podendo Ruam escutar apenas algumas palavras... — É... Veja o psiquiatra de plantão... coisas sem nexo... fim da esposa... contestação... talvez psicopata... mas não parece drogado... talvez perigoso... sim... melhor trazer uma R-6... com urgência..., voltando-se para Ruam com um sorriso amável: — Está tudo bem, meu rapaz. Não se preocupe. Nós vamos cuidar direitinho de você... Não precisa ficar nervoso... — Cuidar de mim?!?, estranhou Ruam. — Mas eu estou bem. Só quero saber por onde... qual é o buraco... não sei se estou sonhando... onde é que estou... — Você está entre amigos, não precisa se preocupar... Minha Delegacia é considerada uma das mais humanas... — Delegacia?... O que é... Antes de completar Ruam viu a porta lateral abrir-se com violência e dois homens altos, de branco, com toucas brancas, lhe segurarem firme, colocando-lhe um saco de pano pela cabeça. No qual ele ficou espremido, com os braços presos e apertados, sem poder se mexer. Só podia espernear. É o que fazia violentamente. Começou também a gritar mas logo uma tira de pano foi atada em sua boca. Ao mesmo tempo sentiu uma picada de agulha que lhe enfiavam na coxa. Nada mais. Abriu os olhos e estava deitado em uma cama alta. Na penumbra, só uma luz fraca atrás de sua cabeça. Do lado direito duas outras camas ocupadas. Na mais próxima um velho, dormindo silencioso. Alguém roncando forte na outra. Seu impulso foi levantar. Mas viu que estava atado à cama, fortemente, por cintos elásticos. Nas coxas, cintura e braços. Que só davam curtos movimentos para o corpo. Remexeu-se, tentou sair, não conseguiu. Então seus olhos começaram a vaguear por aquele ambiente estranho. Do lado esquerdo uma parede descascada e suja, quase encostada à sua cama. Mais à sua frente uma janela, do mesmo lado. Com os vidros abertos, por onde entrava um pouco de ar. Só um pouco, mas que melhorava o abafamento quente do lugar. Também parecia já penetrar uns primeiros raios de luz. Ainda muito fracos, bem início de amanhecer. Ruam voltou os olhos para o velho. Que se mexera e estava mais descoberto. Viu suas mãos descarnadas, depois seu rosto inteiro. Súbita sensação de dejaviso. A cara bem velha, encovada macilenta. Aparentava uns cento e vinte anos. Já o vira antes. Onde? ... Onde? ... Logo veio-lhe a imagem recordada. Alguém que arremessara a bola tubinflada para Carliós, quando um jogo endegamado. Lembrava-se da cara e das mãos. Devia ser ele. De repente Ruam começou a ouvir alguns gemidos. Distantes, depois mais próximos, virando gritos berrados. Que aumentavam enquanto clareava a manhã. O companheiro de quarto que roncava também passou a gemer e chorar, chorar sentido como criança. O velho acordara mas continuava em silêncio, olhando pro lado de Ruam. Fitando-o absorto, enquanto o outro já berrava e se estrebuchava na cama. Ruam deu pra ver que ele também estava atado pelos cintos elásticos. Fisionomia jovem, cabeça totalmente raspada, com umas manchas vermelhas. Na fronte uma cruz tatuada. Abria a boca larga para gritar, gritava engasgado, soluçava. Ruam viu que ele não tinha dentes. Entre os berros repetia as mesmas frases: — Querem matar o José!... Querem matar o José!... O José é filho de Cristo! Querem matar o José!... O José é bom... O José não fez nada... nadinha...! Abriu-se a porta e entraram outros dois homens de branco. Que foram direto e rápido até a cama do jovem. Esse então aumentou seus terríveis gritos, estrebuchando-se com mais violência. — Nããão! Não matem o José!... Por favor... Nããõooo!!!... — Quetinho, quetinho!, que a gente não quer machucar você não..., dizia um dos homens, segurando-lhe os braços e a cabeça fortemente, enquanto o outro enfiava-lhe uma agulha na coxa. A voz do jovem ia enfraquecendo... — Nãããooo!... Por que vocês fazem isso? ... O José não... não fez nadinha... o José é... fi... lho de Cri... Cri... Cris... Sua voz sumia e logo voltavam os roncos. Os dois homens logo vieram até o velho. Ruam percebeu que o velho fechara os olhos e permanecia imóvel, fingido. Um dos homens anotou algo num papel preso a uma tabuleta de madeira. E passaram para a cama de Ruam. Que os olhava estonteado, ainda sem entender por que não acabava logo aquele pesadelo. — Essa internação é de ontem?, perguntou o mais alto ao outro que segurava a tabuleta. — Deve ser..., folheando rapidamente os vários papéis presos... — Só que não estou encontrando a ficha... — Como num tá achando? ... Deve estar aí, porra! — Porra, se eu digo que num tá é porque num ta!, o outro arrebatou-lhe a tabuleta das mãos. — Deixa ver essa merda..., folheou rapidamente, molhando os dedos com a língua, voltando a folhear. — Será que não é transferencia do Samdu? — É melhor perguntar pra ele. As vez os catzo desses loco sabe mais que a gente. — Tu veio do Samdu, bicho? Ruam sentiu que tinha de responder algo. Só não sabia o quê. Samdu?? — Hen, bicho? Donde tu veio transferido, hen? — Eu sou de Sao. — E eu sou de açúcar..., debochou rindo o da tabuleta, enquanto o outro o cotovelava pra ficar quieto. — Tu é de sal?!? — Sao. — Ah! Saô! E o que que é isso... Sao? Um hospital? — Não, é uma cidade. Megalurbe... a maior da Nação Brazileina... — Mega...? ...Tá bem. Da nação brasileira, tu quer dizer... E como é que tu veio parar aqui, bicho? — Trouxeram-me à força. Eu estava procurando... um buraco na avenida... — Um buraco? É pra que que tu queria esse buraco na avenida? — Queria descobrir o caminho de volta...

De onde eu tinha descido escorregado... — Quer dizer que tu veio dum buraco? Porra, então tu pensa que é tatu, bicho?, riu de novo o da tabuleta. Agora acompanhado pelo outro. — Esse aí é que é um matusca original. Tatu-bola ou tatu-bolinha?, os dois gargalharam — Não sei o que vocês estão perguntando... tatu? — Vai me enganar que tu num sabe o que é um tatu?... E tu num é tatu?... Ah! Já sei!... como saber se tu é tatu mesmo ou não. Sabe cumé?... Pela bunda! — Cuidado, Paulão!, advertiu o outro olhando para a porta. Paulão sem ligar continuou: — Tatu de verdade tem a bunda cor-de-rosa... Deixa ver a cor da tua... O outro se preocupava olhando para a porta, rindo nervoso, enquanto Paulão começava a esfregar as mãos pelas nádegas de Ruam. A princípio de leve, acariciando. Depois dando pequenos beliscões. Ruam tentava se esquivar mas seus movimentos eram curtos, por causa dos fortes elásticos. — Num é que a bundinha dele é cor-de-rosinha mesmo, rapaz?... Sem saber o que fazer, Ruam de repente se lembrou daquela prática graciada pelo antigo Grande Sistema, a sodomia. Tanto quanto as demais práticas homossexuais, também graciadas mas só para certas regiões e em períodos especiais. O Grande Sistema as adotava em regiões que ultrapassavam os índices permitidos de crescimento demográfico. Assim também, naqueles períodos em que isso ocorria. Achava-se que esse era o método mais econômico e menos prejudicial ao organismo, para controle de natalidade. As pílulas químicas e todos os outros métodos eram abolidos e condenados. As relações homossexuais eram então promovidas largamente, enquanto eram proibidas as relações entre funcionários de sexo oposto. Tal como ocorreu certo tempo em Sao. E em outra ocasião, por dois anos, em toda a Nação Brazileina. Paulão fez um gesto para o outro enfermeiro que foi até a porta e ficou lá postado, vigiando a entrada. Em seguida foi baixando, com uma das mãos, o zíper da própria calça. Lentamente, enquanto com a outra continuava carinhando atrás de Ruam. O dedo médio agora junto do rego, se aprofundando no meio. Durante aqueles dois anos Ruam ainda raso de armitropa, recém-vindo das guerras dos Protetorados. Seu companheiro escolhido era Alvez, o querido jovem. Escolha recíproca, também aprovada e graciada pelo Grande Sistema, como era preciso. E também por Miraia, outra exigência. Miraia sempre gostara de ver a união do primo com o esposo, que amava muito a ambos. Daí que passaram a viver os três juntos, na morada do batimento tribranchado, no bairro Jabakuara. Apesar de sofrer com a própria continência, Miraia se confortava quando via Ruam e Alvez fazerem amor. Amor com muito gozo dos dois. Ela se excitava, envolvida junto. Deitava-se com os dois ou rolavam os três pelas almofadas coloridas da salestada. Ruam gostava da pele branca e macia de Alvez, tão parecida que era com a de Miraia. Ela carinhava os dois, chupava os seus membros, fazia-os crescer, ajudava a penetração. Ruam sobre Alvez ou Alvez sobre Ruam, gozando sempre muito, da mesma forma. Só nela que não podiam penetrar. Miraia sentia isso mas se conformava e entendia. Como necessário, pelos desígnios da Potestade. Que ela ainda não virara Contaminada. Era necessário que durante aqueles dois anos nenhum funcionário descumprisse as normas. Em benefício do programado nível de equilíbrio demográfico, tinha de ser. — Tatu tatu tatu..., cantarolava calmo Paulão, enquanto abanava seu membro, fazendo-o crescer. E o dedo médio da outra mão agora já todo enterrado dentro de Ruam. Começando a se mover lento e suave. Ruam sentia um ardor, a princípio doído. Mas à medida que aumentava o mexer do dedo, o corpo todo de Ruam se retesava e movia também. — Tatu tatu tatu..., Paulão cantarolava tranqüilo, no mesmo tom... Ruam se remexia, agora excitado. Como fazia com Alvez, lembrava. Enquanto via o membro de Paulão já todo ereto, enorme purimarrono. Lembrava da brancura de Alvez e estremecia com aquela cor e tamanho. Seu corpo se movia autônomo, seu corpo se aproximava dele. Paulão andava um palmo e Ruam entreabria os lábios. Mais meio palmo e abria a boca inteira, sua língua se esticando e movendo lentamente. Sentia agora aquela coisa firme penetrando com suavidade, se aprofundando em sua boca. — Cuidado com os dentes, bem!, disse Paulão, enquanto Ruam dava uma forte sugada que o fazia chegar perto da garganta. Ruam aí sorriu, quando lembrou do medo que tinha Alvez dos seus dentes. Muitas vezes se retraía temeroso. O que muito divertia Miraia, quando presenciava. Só que Alvez era bem menor que Paulão, lembrava aí Ruam, comparando. Nunca chegara tão próximo da garganta. A cabeça de Ruam começava a se mover para frente e para trás. Paulão fazia-o parar, para não acabar. — Vocês estão demorando demais!, disse o outro enfermeiro grudado na porta. — Daqui a pouco chega a ronda!... Ruam esticou como pôde o braço, puxando para baixo as calças de Paulão. Que pulou-lhe em cima. Ruam sentiu um ardor profundo, deu um gemido de dor. Aquela coisa invadia todo seu corpo. — Tatu tatu tatu..., que tamanho tem seu cu, cantarolava rindo Paulão enquanto Ruam sentia as duas mãos fortes que vinham por trás e apertavam e beliscavam seus peitos. Lembrou de Alvez fazer aquilo, que o excitava. Mas nunca que fizera assim tão forte. — Você é demais, bichinha, demais!..., dizia Paulão enquanto o agarrava ainda mais forte, todo enfiado. Ruam tinha o peso em suas costas, não podia se mover. Agora sentia dor, aquela coisa penetrando ainda mais, parecia vará-lo inteiro. Deu um grito de repente, com um terrível mal-estar. Paulão arfava com os movimentos, começava a morder seus ombros, pescoço, depois sugando seus ouvidos. Ruam tentava se libertar, começou a sentir muita dor e muito nojo daquilo. Não conseguia se mover. Só podia gemer... e chorar... lembrando de sua situação. Onde estava? O que seu corpo estava fazendo? Enquanto mais se estrebuchava mais era apertado por Paulão. Viu que o melhor para seu corpo era relaxar. E relaxou, ficando com menos dor. Olhou para a cama do lado. O velho com meio olho aberto e um sorriso, fingido."

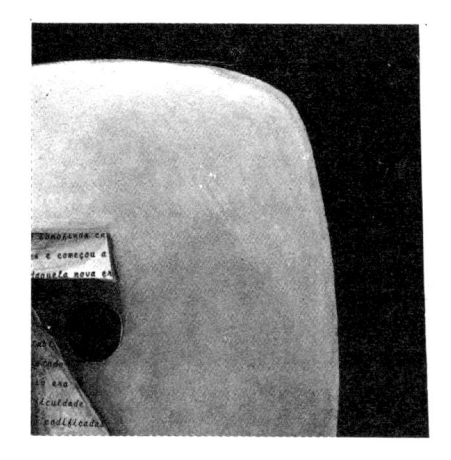

REL. 22:

"Que ainda de olhos fechados Ruam ouvia algumas vozes em redor. Um torpor sonolento, um peso nas pálpebras, o fazia preferir ficar assim de olhos fechados, acordado. Ouvindo diferentes vozes. — Vocês não encontraram nem a cópia da folha no livro de registro? ... — Não senhor. Não achamos nada. Estamos procurando desde ontem. — Desde ontem? E quem foi que o recebeu? — Não sabemos, doutor. Perguntamos pra todo mundo da recepção. Ninguém se lembra. — Mas isso é um absurdo! Como ninguém se lembra? O paciente aparece aqui misteriosamente e ninguém sabe donde veio, quem fez a internação, quem é o responsável por ele?!? — Foi por isso que achamos melhor comunicar à diretoria, doutor. Também achamos isso um negócio muito esquisito. Consultamos até a Delegacia do Distrito. Mas eles disseram que não tinham nenhuma informação a respeito. Nada registrado. — Vocês não tentaram saber algo do próprio paciente? ... Às vezes eles mesmos podem... — Claro, senhor! Nós pensamos nisso. O enfermeiro Paulo conversou com ele longamente. — E onde está o enfermeiro Paulo? — Ele entrou de licença hoje cedo, senhor. E viajou não sei pra onde... — Mas justo hoje, pombas? — É. E parece que Paulo o atendeu sozinho. Pelo menos nenhum outro se lembra de ter visto esse paciente. Mas o Paulo deixou aqui anotado algumas coisas que o paciente disse. — Cadê? — Aqui, doutor. — Seu nome é Ruam. Diz que vem de uma cidade chamada Sal... ou Saô... Não tinha nenhum documento mas deu de memória o número M.I. Série J.415/21/SK-8. Depois falou a palavra "potestade" várias vezes... falou de um grande sistema que nunca existiu de verdade... falou muito no nome de uma mulher... Miraia... falou no fim da esposa... disse que tinha sido funcionário de "armitropa", que também tinha sido contaminado não sei de que, que estava agora penetrando no mundo dos conglomerados... já tinha visitado o... o que que está escrito aqui? ...balimento? ... — Batimento, doutor. — Batimento arcanjos... e que agora visitava a região de... que que é? ...parece que é paracleto... que viu a figura da montanha que dizia sem falar... Isso não tem pé nem cabeça!... que dizia sem falar coisas antigas recordadas... reveladas... pelo homem que tinha o sinal do peixe... o solto profeta... é solto mesmo que está escrito aqui? — Parece que a palavra é "sóter", doutor... Eu entendo bem a letra do Paulão... — ...sóter profeta... Isso não faz nenhum sentido!... que depois ele desceu por um cilindro de pedra... uma trilha escorregador, saiu por um buraco num lugar que parecia ser a grande avenida Paulista...? ...Aqui está escrito "granavenida" Paulista... mas que depois viu que não era... mas parecia ser... Que confusão!... depois que pegaram ele e o levaram pra um lugar onde tinha um homem de óculos dourados e bigode curto preto... que pelo que tinha ouvido desse homem aquele lugar parece que se chamava delegacia... que foi agarrado por dois homens de branco que lhe deram uma agulhada na coxa... Hum!... Isso agora já faz algum sentido... Aquele delegado novo do Distrito não tem bigode e usa óculos de aro dourado? ... — Sim senhor, doutor. Pela descrição parece que é ele mesmo. — E vocês não ligaram para ele? — Não conseguimos falar com ele, doutor. — Como não conseguiram? Desde ontem?? — Sabe o que que é, doutor? ... Ele foi preso ontem à noite e está incomunicável... — Preso?!? O Delegado??!!... — Está sim, doutor!... Parece que ele tava envolvido com esses problemas do esquadrão... — Ah! é? ... Puxa vida! O sujeito tinha uma cara até simpática! — Pois é, doutor. A gente nunca sabe... — Bem... Vamos ver mais o que o homem disse. Que quando abriu

os olhos estava amarrado naquela cama... com um velho cente... cente...
o quê? — Está escrito "centevintano", doutor. — Ah!... com um velho
centevintano que tinha certeza já o ter visto durante uma partida de
futebol... que ele tinha entregue a bola... tubin... tubin... — Tubinflada,
doutor. — ...a bola tubinflada para Carlos... — Aqui está escrito Carliós,
doutor... — Carliós... Que nome estranho!... que se lembrava bem dele,
por causa de suas mãos descarnadas... que na outra cama estava um
jovem sem dentes que berrava o tempo todo, dizendo que queriam matar o José... que não matassem o José porque ele era filho de Cristo...
Como é que esses loucos vão descobrir até filho em Cristo?... Espera
um pouco... Onde estão esses outros dois pacientes? — O José está na
camisa de força, doutor... Estava muito agressivo. Agora o velho... faleceu hoje cedo. — O velho morreu? Ruam abriu os olhos assustado.
— O velho morreu?, perguntou. — Ele acordou, disse um dos enfermeiros, enquanto o médico chegava mais perto de Ruam. — Acho que
ele estava acordado, ouvindo tudo! De fato Ruam ouvira. Pela leitura
do médico, via que Paulão tinha descrito certo a conversa. Meio sonolento, mas entendera que tinham havido estranhas coincidências. Não havia
registro de sua entrada no hospital. Ninguém se lembrava de tê-lo recebido. O homem da delegacia fora preso. Paulão saíra. O moço desdentado estava com uma crise... E agora o velho fingido... — Quem é você?,
perguntou-lhe o homem que Ruam sabia ser o médico. — Meu nome é
Ruam, como o senhor leu aí nesse papel. — Onde você mora?, indagou
o médico. — Eu moro no bairro Jabakuara. — Ah! Agora sim!..., disse o
médico animado, continuando. — E em que lugar do Jabaquara você
mora, meu rapaz? — Eu moro no batimento tribranchado sob a cúpula
geodésica, o que tem três plainoportos encimados... — Êpa!, fez o médico menos animado. Que quer dizer isso, rapaz?... Batimento tribranchado...? — É um batimento que tem três branchos... — Branchos?...
E o que são branchos?... — Espera, doutor..., adiantou-se um enfermeiro — Em inglês eu sei que tem a palavra "branch"... eu acho que quer
dizer galho... três branchos... será que ele não quer dizer... — Não são
galhos. São blocos, cortou Ruam... — E batimento... deve vir do francês
"bâtiment"... que é prédio... edifício..., disse o médico, voltando a ficar
com ar animado... — Então o senhor quer dizer que mora num prédio
que tem três blocos, que fica no Jabaquara?... — Acho que o que o
senhor está dizendo soa certo... Achava estranho o modo complicado
que eles faziam para entender as coisas!... Inglês?... Francês?... Lembrava-se de ter visto no Museu do Idioma aquelas antigas línguas... Usadas
antes de a Potestade ter graciado a Glub, a Grande Língua Universal Brazileina, como única permitida. — Se é isso então por que o senhor não
fala de um jeito mais simples?... Pra que inventar essas palavras?...
Por que não fala o português direito?... Eu estou vendo que o senhor é

culto e conhece a nossa língua muito bem!... — Eu não inventei nenhuma palavra. Todas as que eu uso fazem parte da Glub... Aí Ruam lembrou-se de que apesar da renúncia da Potestade e da abolição do Grande Sistema, mesmo com o domínio dos Conglomerados todos continuavam a falar Glub. Por quê? ... Será que ela era realmente universal? ... E também reparou que a língua que todos usavam nesse novo lugar, menos a do velho das orquídeas, era quase igual à Glub. Só tinha umas palavras que ele não entendia, assim como ele dizia algumas que os outros dali não entendiam!... Por quê? ... — Você já esteve doente antes? , perguntou-lhe o médico. — De doença natural não. — E o que o senhor considera doença não-natural? — Aquelas que aparecem depois dos punitransplantes, claro! — ... Transplantes?!? ... — Punitransplantos. Eu tive alguns. Os meus dentes, por exemplo, foram trocados por outros de porcelana fraquinada... — Você quer dizer que perdeu os dentes e agora está usando dentadura? ... — Eles tiraram... No tempo que eu era Contaminado... — Você estava contaminado? ... De que doença? ... Piorréia? ... — Eu não estava doente. Eu era funcionário do Departamento de Contestação, onde tinha função de liderança SK-8. — Que departamento é esse? ... Essa Repartição é federal, estadual ou municipal? — Eu não estou entendendo a sua pergunta... repartição? ... federal? ... — Bem, bem... Vamos ver de outra forma. Como foi que você entrou pra esse tal de departamento de contestação? — Tudo começou naquela sauna. — Sauna? ... Ah!... Você se sentiu mal na sauna? — Muito mal. Mas depois muito bem... — É sempre assim... A gente sofre com o calor exagerado, mas depois que a gente sai sente o corpo leve, limpo, não é mesmo? — É isso. Eu saí dos quintandares de purificação muito leve e limpo... — Onde fica essa sauna que você foi? ... — Ficava no maior batimento... — Já sei. Prédio... — É. No maior batimento daqueles gardenpensos da Grancentral Militar do Ibirapoera. — No Ibirapuera, é? ... Perto dos quartéis ou dentro do parque? ... Perto do lago ou mais pro lado da Assembléia? — Não entendo o que o senhor está falando... Mas agora lá estão os batimentos Arcanjos, Quatrossacros e Paracleto... e muitos outros das regiões dos Conglomerados... O médico deu um suspiro de desânimo. Controlou-se e bateu afável nas costas de Ruam. — Muito bem, muito bem. Já conversamos bastante por hoje. Agora você precisa descansar. Logo logo vai ficar bom... Já ia saindo quando Ruam perguntou alto: — Mas o que é que estou fazendo aqui? Quando vou sair? ... — Isso depende de você, meu rapaz. Se ficar quieto e descansar bastante... — Por que eu estou amarrado? — É para sua própria segurança, filho. Você não está bem. — Eu não estou bem porque estou aqui... — Ao contrário, filho. Você está aqui porque não está bem. Procure descansar... Sem Ruam bem perceber, o enfermeiro já estava lhe dando outra agulhada na coxa. Fechou os olhos."

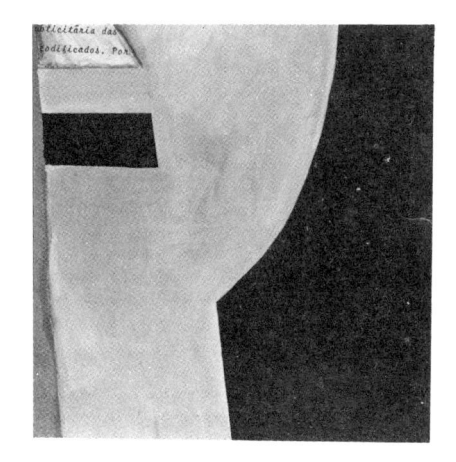

REL. 23:

"Que apesar de quieto e já muito descansado Ruam ia ficando naquele lugar. Parecia que seu rastro ia sendo apagado logo após sua passagem. Não deixando pistas para ninguém. Sem nada seu documentado. Nenhum registro de sua entrada, nenhuma testemunha que se lembrasse. Todos os dias novas perguntas. E respostas dadas por Ruam, que não satisfaziam nem aos médicos nem aos enfermeiros. Nem a ele próprio, pois já lhe estava bem claro que suas respostas mais o prendiam naquele lugar. Ninguém entendia certo sua história, nem seu modo de falar. Aos poucos Ruam aprendia aquela língua que eles chamavam Português. Para se comunicar melhor tentava esquecer a Glub. Tentava se adaptar, pois via que esse era o único caminho da saída. Às tardes ficava num pátio interno cimentado, com um pequeno jardim. No centro um viveiro de pássaros, com meia dúzia deles que cantavam, inexpressivos. Outros pacientes andavam por aí, alguns lentamente, passo a passo, ajudados por enfermeiros. Velhos, jovens, deprimidos, alegres, gementes, mas todos se movendo num mesmo ritmo bem lento. Dois dias por semana o pátio ficava mais cheio de gente. Apareciam outras pessoas, as visitas. Ruam descobrira uma fresta num gradão fechado, lateral do pátio. Do outro lado estavam as mulheres. A fresta muito tina só dava para ver alguns vultos. Num dia de visitas Ruam ficou olhando para a ala das mulheres. Já tinha se acostumado a vê-las. Na maioria velhas desdentadas com cabelos desarrumados, vestidos amarrotados e soltos. Apoiando-se agarradas nas jovens de uniforme branco, olhando a esmo. Sorrindo distante ou soluçando baixinho. Naquela ala também tinha um viveiro. Algumas mulheres ficavam em volta brincando com os pássaros. De repente viu uma jovem de perfil que brincava com um desses pássaros, justo um que não se movia, de bico fino, olhos fagulhos... Ruam estremeceu. Os longos cabelos castanhos... Ela virou de relance e ele pôde ver seus lábios que sorriam em ziguezague. Sentiu uma pontada no peito que o deixou meio sem ar e perplexo. Miraia. Só podia ser ela. Mas ali? ... Como? ... Não se conteve e deu um berro: — Miraia!!!... E mais outros incontrolados. — Miraia!!!... Miraia!!!... Miraia!!!... Sem perceber o vozerio e a pequena confusão que se formava nas duas alas. Pessoas que se juntavam, outras que se afastavam atemorizadas. Os enfermeiros já correndo em sua direção para agarrá-lo e afastá-lo dali. Ruam resistindo e podendo dar mais uma última espiada. Quando a viu sorrindo em sua direção, com um piscar de olho, apontando-lhe o pássaro. Com certeza o Picanieves. Os enfermeiros o puxavam e tentavam tapar-lhe a boca. — Miraia!!!... Miraia!!!... Tire-me daqui, amor!!!... Seguraram-no fortemente, Ruam querendo se livrar com violência. Conseguiu escapar e ficou correndo pelo pátio. Aí já havia uma confusão total entre pacientes e visitas, todos gritando e correndo. Os enfermeiros tentando acalmar a situação mas sem conseguirem controlá-los. Na corrida Ruam pôde voltar até a fresta. Mas não viu mais Miraia nem o Picanieves. Só a mesma confusão de sua ala, visitas e pacientes gritando tumultuados. — É ela! É Miraia, minha mulher!!!... Larguem-me!!! Eu quero chegar até ela! Miraia!!!... Miraia!!!... No desespero Ruam tentou pular o alto gradão. Foi logo agarrado forte pelas pernas, por quatro enfermeiros. — Calma, rapaz!... Assim você vai se dar mal com a gente!..., falava um dos enfermeiros. Ruam gritava chorando: — Mas é Miraia!... Ela precisa me tirar daqui! Ela precisa me dizer onde eu estou!... Só ela pode me explicar, vocês não entendem? ... Eu preciso dela! Miraiaaaa!!!... — Você não vai conseguir nada desse jeito, cara.

Calminha! Calminha que é melhor pra você... Aí enterraram por sua cabeça um pano forte que o deixou imobilizado. Berrando e esperneando foi arrastado para dentro. Até seu quarto, onde lhe deram duas agulhadas. — Por que vocês não deixam eu falar com Miraia? Eu preciso! Só ela pode me explicar tudo isso!... Por quê? ... — Você confundiu alguma visita da ala feminina com essa tal de Miraia, cara... Mas não é ela!... Garanto pra você! É ela só na sua cabeça... que está doente Mas não é ela de verdade, entendeu? Não é ela, cara! — É ela! Eu tenho certeza! Como eu não vou reconhecer Miraia? — A gente quando está assim não reconhece muitas coisas. Você precisa entender isso, porque é melhor pra você e pra nós... Essa moça que você viu é outra pessoa... Ruam já começava a sentir um torpor. Uma força que o fazia fechar os olhos. Mas ele resistia. Não queria dormir. Queria ver Miraia. Soluçava como criança. — Ela veio aqui pra me buscar... Só pode ser... Senão o que que vocês acham que ela veio fazer nesse lugar? — Se ela quisesse te visitar tinha vindo aqui pra ala masculina... Então por que foi pra lá? — Eu não sei, não entendo! Mas eu nunca entendi logo as coisas de Miraia. Ela está sempre na minha frente... e vai me puxando... Só sei que é ela. Tenho certeza que é a minha Miraia!... O torpor aumentava. Não dava para segurar o peso das pálpebras. Tinha sido assim todas as vezes, depois daquelas agulhadas. Tudo se desvanecia, fechava. Já sabia que viria um sono pesado e profundo. E que depois acordaria diferente, para sofrer outro dia inteiramente igual... Preso ali, na prisão controlada pelo sono. Porque era o sono que vinha das agulhas o que mais amarrava. Mais que o pano forte, ou os elásticos da cama, ou as grades altas que davam para fora. Agora queria resistir e não deixar as pálpebras se cerrarem. Mas era muito difícil. Usava a imagem viva de Miraia, concentrava-se nela com todas as suas forças, para ficar desperto. — Ela estava me conduzindo para dentro dos Conglomerados, quando tudo aconteceu... Falar ajudava a resistir... — Ela sempre me conduziu... Sabia e sentia tudo antes de mim... Costumava escrever tudo no mapa secreto. Será que ela trouxe o mapa? Lá deve estar tudo explicado, sobre as nossas vidas... Mas é só ela quem sabe decifrar... Ela me disse que ele vai ficar todo preenchido... fullado... Mas quando? E que aí então vai acontecer alguma coisa... O quê? ... Ela não disse mas disse que eu vou ver... quando chegar o tempo de ver... Por que não chegou ainda? Será que já está chegando? Eu quero entender a minha situação!... Onde estou? Não sei nem se estou em Sao... É muito estranho, porque tudo lembra Sao... De onde eu vim? Eu achava que era daquele buraco. Mas agora não tenho mais certeza. Será que eu sou daqui mesmo? Às vezes tenho a sensação estranha de que sou daqui, nunca saí daqui. Mas e as coisas todas que me aconteceram? Será que era tudo programado pelos Conglomerados? Ou será que eles não estão a par de nada que me acontece? E o Priministro? ... E os Gransecretários? Onde estão todos? Será que os Conglomerados me trouxeram para cá e esqueceram? E Mendo? E Baldom? E o Picanieves? E eu? E Miraia? Por que ela não veio me ver aqui? O que estava fazendo naquela outra ala? Como chegou até aqui? ... Será que também saiu de um buraco, por um cilindro de pedra? ... Ela já deve saber como voltar!... Eu preciso vê-la!... Sua voz já saía bem mais fraca. Com a boca mole, mal conseguia pronunciar as palavras. Mas falava, não para ser ouvido mas para se manter acordado. O que ainda conseguia com muito esforço. — Eu preciso vê-la... Ela tem que me dizer pra onde eu fui jogado... Que lugar é esse... Seus olhos se fechavam mas a imagem permanecia viva, misturada ao sono, ao sonho e ao recordo... Ele a via bem próximo, segurava sua mão, ouvia sua voz que saía num sussurro... — Eles estão aqui, ali, em qualquer parte, em toda parte... Não procure encontrá-los, amor... Deixe que eles encontrem você... Mergulhava para dentro, como num profundo sono mas em total consciência. Seu corpo todo solto e jogado... Uma estranha autonomia de dores e de desejos. Foi se sentindo aos poucos não jogado, mas projetado. De um ponto qualquer, no futuro ou no passado, não importava. Para frente ou para trás, sem saber bem qual a diferença. Porque começava a ver que essa era sua condição. E sentia isso agora lucidamente, no mergulho que fazia pelo caminho de dentro. Fora projetado. E via essa projeção como volta e como revolta. Uma volta para origens remotas, de onde fossem, qualquer ponto no tempo. Por exemplo, agora. Uma revolta para ficar, permanecer situado. Agora ouvia claro a voz doce de Miraia lhe dizendo: — Não sei de que tempos distantes está sempre vindo, cada vez se aproximando mais, para encontrar-me... E lhe respondendo: — Meus olhos fechados que abrirão as pálpebras para o seu sorriso quando ele aparecer diante de mim, como um sonho emergindo da escuridão do sono... Sentia uma alegria trêmula, arrepiada... Sem a angústia de entender sua situação de agora. Antes, através dela entendendo sua situação toda, que única: fora projetado. Seu corpo tinha que passar autônomo por dores e desejos inesperados, que esse era seu projeto. Que já o vira indicado pela figura da montanha, o sóter profeta que tinha o sinal do peixe. Segundovindo, talvez que já estivesse no tempo da parusia... Que fosse todo o espírito dos Conglomerados... As altas vibrações emanadas, o dizer sem falar... A partir daí o tempo e o espaço podiam se multiplicar. Como se passou ali com Ruam. Com aquele antigo sonho se repetindo, o trem soltando fumaça, ele de pé na estação, do outro lado o muro muito alto. Ela junto, os dois se dizendo coisas nunca lembradas, mas a idéia de repetirem uma cena. Passada ou filmada. Ela entrando no quarto e vindo até junto de sua cama. Toda de branco, longo transparente. Viu seus pés descalços andarem sorrateiros mas firmes, seus pés brancos, lindos, como toda a sua pele. Aí Miraia tirou o pano forte que o prendia, desatou os elásticos com rapidez mas com aqueles gestos suaves que Ruam conhecia tão bem. Suaves e firmes. O cheiro dos arômatas começou a exalar de seu corpo. Parecia impregnar todo o ambiente frio e escuro daquele quarto. De repente o aquecendo com o perfume das folhas secas, como a mirra, a cássia e o cinamomo. Com o seu corpo igneado, aquilo que sentira, lembrava, no batimento Arcanjos. Aquele cheiro de terra quentada, mais próxima do fogo solar... Sao?... Outras antigas megalurbes da Nação Brazileina...?... Rio...?... Bel...?... Rec...?... For...?... Ma...?... Ela o puxava pela mão e saíam em corrida, disparados, paralelos ao trem... Ele então fechava os olhos e tinha uma maravilhosa vertigem... Seu corpo todo levado elevado enquanto Miraia o puxava. Queria mais uma vez que ela o conduzisse. Era aquela mesma cena já feita, representada. Com ela e mais alguém, talvez ele mesmo... Os dois corriam e de repente davam um salto. E se precipitavam num espaço aberto, alto, de abismo... Só que agora não caíam logo, leves colúmbios, sobre o monte de feno, comida dos cab-horses. Agora deslizavam horizontalmente pelo espaço da megalurbe... Sao...?...São Paulo...?...Passavam pelos batimentos enormes, pelas granavenidas esvoaçando... cavalrodes...?...sobrevoavam os plainoportos dos batimentos... os heliportos dos prédios...?...seguindo paralelos ao trem com muitos vagões que se sucediam sem fim... o metrô...?...Os batimentos altos de várias formas, envidraçados, aluminiados... penetrados pelas granavenidas, por onde tentavam correr os carros rodados barulhentos... buzinas estridentes, as vias magotadas de transeuntes que tossiam alto e escarravam, se esbarrando apressados, se atropelando... para ganharem mais crediselos...? ...respirando o ar preto que vinha daqueles cilindros altos que vomitavam fuligem... chaminés...?... das produtoras... fábricas...?... que faziam coisas para serem consumidas, devoradas por todos os funcionários, passadas pelos centros comerceiros ...lojas...?... convencidos todos a consumirem pelas mensagens das novas ...jornais...?...vetês... tevês... pelas imagens projetadas nas ruas em grandes painéis... out-doors...? ...Deslizavam horizontais por aquele ambiente de pedras e de ferro sobrepostos, devastado pelo movimento intenso. Os dois escorregavam por cima dos picos concretados, mas se movendo num ritmo bem diverso da louca pulsação... Ruam sentia e agora entendia o processo daquela megalurbe... Que fosse chamada de Sao ou São Paulo... Sem importar muito porque estava bem claro seu destino."

REL. 24:

"Que Miraia havia trazido o mapa e o Picanieves. Mostrou-lhe sorrindo o mapa, já quase todo preenchido de cifras, pelos labirintos. Mas aí ela o desdobrou e Ruam percebeu os grandes espaços em branco, vazios, que ainda havia. Quando a folha ficava dobrada, dava a impressão de já estar todo fullado... Mas se desdobrada ele via que não, ainda faltava bastante... Então quando estaria totalmente preenchido? ... Miraia disse aí que no seu devido tempo. Que ele tivesse paciência... Queria dizer que ainda faltava muito para acontecer entre os dois... Mas Ruam notou que ao dizer isso Miraia fez um ar de preocupada. Com um certo jeito impaciente na fala e nos gestos, como Ruam ainda não a tinha visto. O Picanieves, o mesmo, de olhos fagulhos como de vivo... Com ar de prestes a voar, mas sem voar... Ruam reparou que suas penas pareciam um tanto escurecidas. Pela mudança do tempo...?"

REL, 25:

"Que quando Ruam se deu conta de si, acordado, estava já quase entrando num dos prédios do Ibirapoera. Miraia o conduzindo, puxando pela mão. Reparou na paisagem em volta. Estranhou que não houvesse mais folhas secas espalhadas por toda a área. E que os plastigramados não tivessem mais aquele aspecto descuidado. Pelo contrário, o vermarelo agora parecia mais forte e limpo que o de antigamente... As acácias reflorescendo, o material externo dos batimentos não mais enferrujado... Agora polido e brilhante, como antes. Viu os lagos de águas límpidas novamente. Aqueles novos arbustos que tinha visto da última vez, crescendo, e que iam modificando a antiga paisagem, haviam sido brutalmente decepados. Era o que parecia, pelos tocos que restavam. Surpreso, Ruam indagou a Miraia: — Que aconteceu? ... Onde está a displicência dos Conglomerados?!? ... Olhou em volta e se surpreendeu ainda mais. Havia vários funcionários capacetados, uniformes, marchando pelas tabelas de passo-ritmo. Os letreiros todos luminados, os movimentos dos transeuntes ordenados, rígidos, tais como os de armitropa. — Que estranho!... Parece que está voltando tudo como era!... E a liberdade? ... A essa sua fala Miraia voltou-se subitamente, para encará-lo. Não disse nada, mas Ruam estremeceu com seu viso... Aquele rosto amado, pela primeira vez lhe transmitia um olhar agressivo. Ele a fixou atentamente e captou-lhe um ar fingido, malévolo. Sentiu aí uma vibração profunda negativa. Ela desviou os olhos e falou seco: — Vamos logo entrar no batimento Quatrossacros. — O que que tem lá? , perguntou Ruam, hesitando à porta. — Você vai ver. Precisamos entrar logo... Ruam teve a sensação misturada de medo e tristeza. Duvidava de Miraia. Ela continuou, falando rápido. — Você não quer entender o nosso mapa? ... Pois lá dentro você vai ver... O nosso mapa está lá projetado, bem grande, por todas as paredes, pelo piso e pelo teto... Dessa vez você vai entender tudo, sem mais dúvidas. Ruam voltou-se para ver de novo os arbustos decepados. Estremeceu."

5.

Relato da Unidade de Computação G-417/105
Tema: *Adaptação do Funcionário Ruam M.I. Série J.415/21/SK-8*

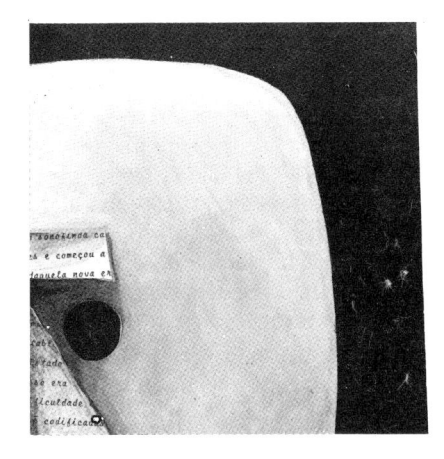

REL. FINAL:

"Que pelos relatos apresentados das quatro unidades anteriores, o funcionário Ruam M.I. Série J.415/21/SK-8 permanece inadaptado, desenvolvendo indagações próprias. Informamos que a funcionária Miraia M.I. Série P.830/26/SK-9, programada para colaborar no processo de adaptação a que foi submetido o referido funcionário, atuou com relativa eficiência, conforme demonstram os relatos. Estava conseguindo essa funcionária algum progresso em seu trabalho. Não obstante, detectamos sérias dúvidas e muita rejeição opcional ainda persistentes no voliopensar do funcionário Ruam. Utilizamo-nos de várias técnicas disponíveis de adaptação, tais como a ficção espiritual dos Conglomerados, as projetivas de passado remoto, as de modificação de ambiente e paisagem por holografia e outras, sem termos obtido resultados plenamente satisfatórios. Informamos também que o dispêndio de energia e demais custos dessa adaptação já atingem o grau-limite de nossa Tabela. Pelo que calculamos que a partir de agora será mais econômico a eliminação física desse funcionário. A funcionária Miraia está no momento fazendo uma última tentativa, utilizando-se da terceira fase da ficção dos Conglomerados, ou seja, a do batimento Quatrossacros. Caso não obtenha êxito, já está autorizada a proceder à execução local do funcionário Ruam, do modo habitual. De nossa parte era o que tínhamos a relatar a essa Grancentral. Salve a Potestade."

COLEÇÃO PARALELOS

Rei de Carne e Osso, Mosché Schamir
A Baleia Mareada, Ephraim Kishon
Salvação, Scholem Asch
Satã em Gorai, Isaac B. Singer
Diário de Bordo, O.C. Louzada Filho
Golias Injustiçado, Ephraim Kishon
Adaptação do Funcionário Ruam, Mauro Chaves
3 Mulheres de Três Pês, Paulo Emílio S. Gomes
A Ovelha do Pobre, Mosché Schamir

Este livro foi impresso pela
SÍMBOLO S.A. INDÚSTRIAS GRÁFICAS
Rua General Flores, 518 522 525
Telefone 221 5833
São Paulo
Com filmes fornecidos pela editora